NARRATORI MODERNI

ARENO INOUE

LE TRE SIGNORE DEL CHIOSCO DI TOKYO

Traduzione di
MARIA CRISTINA GASPERINI

Garzanti

Prima edizione: ottobre 2024

IL LIBRAIO.IT
il sito di chi ama leggere

Traduzione dal giapponese di
Maria Cristina Gasperini

Titolo originale dell'opera:
Kyabetsu itame ni sasagu

ISBN 978-88-11-00805-7

Printed in Italy

www.garzanti.it

LE TRE SIGNORE DEL CHIOSCO DI TOKYO

1.

RISO NUOVO

Sui fornelli troneggiano tre grandi pentole da due chili di riso. Ikuko le sorveglia da vicino, come fossero sul punto di dirle qualcosa. A volte sembra che parlino davvero, che gorgoglino o sussurrino. Altre volte, invece, non si sente nulla. Non si sente perché non si mette in ascolto.

Cercando di non fissarle troppo, Ikuko solleva il coperchio di una pentola. La avvolge il vapore corposo del riso appena cotto. Un odore dolce, denso, quasi palpabile, nostalgico, tenero e in parte triste: anche a questo cerca di non pensare troppo. Proprio per non pensare, sospira languida: «*Mmmh*, che buon profumo!».

«Che voce sensuale!» esclama Kōko alle sue spalle, impegnata a sistemare sul vassoio gli ingredienti, prima di scoppiare a ridere. «*Guahahahahah!*»

A sentire quella risata di cuore, pare di vederle spuntare dalla bocca il balloon di un manga.

«Era o no una voce sensuale?» Kōko chiede conferma a Matsuko, intenta a pulire la vetrina davanti al negozio.

Nessuna risposta.

Ikuko pensa che sarebbe opportuno finirla lì, ma Kōko incalza urlando: «Ehi, Matsuko, hai sentito la voce della nostra Ikuko? Ehi, dico a te!».

«Dai, smettila!» Matsuko quella mattina ribatte non solo con un tono aggressivo, ma con tutta sé stessa, straccio in mano. «Sensuale, sensuale, ma che hai in testa, già di prima mattina? Non pensi ad altro, tu?!»

Kōko alza gli occhi con aria compiaciuta, poi risponde:

«Sarò pure maliziosa, ma almeno metto allegria. Una calda signora matura... è quello che vorrei diventare!».

«Lo sei già.»

«*Guahahahahah!*»

Kōko ha sessantuno anni, è piccola e paffuta, e indossa spesso abiti con fantasie vistose che a Ikuko ricordano i vestiti delle bambole souvenir di posti esotici come le Hawaii. Matsuko invece ha sessant'anni esatti, capelli neri corti da maschio e un abbigliamento dimesso, adatto a tutto, che ricorda le statue delle divinità *jizō* agli angoli delle strade di campagna. Dal canto suo, Ikuko non sa cosa pensino di lei le altre due, ma una cosa è certa: si guarda bene dall'intervenire. In momenti simili sa che esprimere la propria opinione significa solo versare benzina sul fuoco, che questi battibecchi sono normale amministrazione e non vale la pena di mettersi di malumore.

Quindi si limita a chiedere: «Quanto riso ai funghi dobbiamo preparare?».

«Due chili circa!» rispondono in coro Matsuko e Kōko: questione risolta.

Il riso ai funghi, il *kinoko no mazegohan*, si prepara con tre tipi di funghi – *shimeji*, *shiitake* e *eryngii* – saltati in padella con dadolata di manzo, conditi con salsa di soia e *mirin*; si mescola il tutto con l'aggiunta di una noce di burro. Completa il piatto un cipollotto tritato fine, come topping, per un risultato più soddisfacente di un risotto e più leggero del riso saltato, il classico *chahan*. Nel menu c'è sempre un piatto di riso misto a qualcosa, accanto a quello bianco, e cambia ogni giorno. Questo ai funghi ha sempre successo, pertanto viene preparato in quantità.

Nel menu di oggi figurano, inoltre: melanzane fritte in zuppetta, manzo con patate ai funghi, salmone autunnale *nanbanzuke*, fritto e marinato, pollo al vapore e foglie di rapa *komatsuna* in salsa di prugne *ume*, fritto *karaage* di polpa di maiale e patate con salsa al prezzemolo, insalata di cavolo cinese, mela, formaggio e noci, e patate dolci con salsiccia al curry. In più, ci sono i piatti standard: alghe *hijiki* brasate, crocchette impanate e salamoia di ortaggi. Per un totale di undici preparazioni. Si inizia alle sei del mattino e alle undici tutti i piatti sono esposti in vetrina.

Il locale è un *sōzaiya*, una tavola calda, un chiosco, e vende cucina casalinga da asporto. Si chiama Kokoya, «La Casa di Kōko». E, proprio come si evince dal nome, Kōko è la titolare e Matsuko e Ikuko le dipendenti.

In origine, erano state Kōko e un'altra signora ad avviare l'attività. Poi la socia si è ritirata mentre Matsuko, che ci lavorava dall'apertura, è rimasta. Ikuko si è unita da non molto allo staff e da allora le cose sono rimaste invariate.

Il quartiere in cui è situato il locale non è grande e vi si ferma solo una piccola linea ferroviaria. Ma la via dello shopping è vivace. Ed è lì che si trova Kokoya. La zona è adiacente a Shibuya e l'effetto di prossimità fa sì che nella via dei negozi si trovino anche molti uffici e magazzini. Lateralmente, nell'area residenziale, che inizia a suscitare una certa attrattiva, sorgono qua e là alcuni graziosi appartamenti – Ikuko abita in uno di questi – dove equamente vivono giovani e anziani. Una buona posizione per un *sōzaiya*, pensa Ikuko. E per Kokoya gli affari sono decisamente prosperi. La ragione per cui era stata avviata l'attività proprio in questa zona, a chiederla alla proprietaria, è perché «le era piaciuto l'odore»: una risposta vezzosa che in realtà cela un fine fiuto per gli affari, superiore a quanto Kōko non voglia far apparire.

L'edificio, una struttura a un piano composta da quattro locali adiacenti, si chiama *Super Monju*, nome di ispirazione buddhista. Da sinistra a destra, ospita: un bar, un negozio di *tōfu*, una piccola rivendita di articoli elettrici e Kokoya. L'ingresso non è nemmeno due metri, ma si allarga man mano che si procede e, in fondo, la cucina è relativamente spaziosa. Pare che siano state Kōko e la socia dell'epoca a dipingere le pareti di verde.

Dal mese scorso, accanto al menu del giorno è esposto un ritaglio di giornale. Si tratta di un articolo della rivista locale dedicata ai commercianti della zona. Foto dei piatti, e uno scatto di loro tre tutte sorridenti allineate dietro la vetrina. *Venite? Vi stiamo aspettando! Andate a gustare il sapore della cucina delle dolci «mamme toste»*, recita il titolo.

La redattrice era molto soddisfatta. Kōko ha risposto con energia a tutte le sue domande, comprese quelle che non ha fatto, per fornirle il vocabolario necessario a pubblicare un articolo di livello sulla loro cucina: «Io sono Kōko, lei è Matsuko, e lei è Ikuko. Capito?». No, non era così ovvio. La giornalista, una giovane dall'aria motivata, ha inclinato la testa da un lato, titubante. Kōko l'ha messa in riga: «È abbastanza semplice. *Venire, aspettare, andare*, cioè *kuru, matsu, iku*; è vero *Kō* per *kuru* è un po' una forzatura, ma i nostri nomi che hanno la pronuncia di questi verbi, non sono proprio da trio del destino? Non lo pensa anche lei? *Guahahah!*».

In effetti, definirlo un trio del destino forse è un po' troppo.

Ikuko si ricorda quando era andata da Kokoya tre mesi addietro. Non era la prima volta che ci andava, poteva contarle: era l'ottava. Era nel quartiere solo da un mese quando aveva trovato questa tavola calda di piatti casalinghi. Ci era tornata per sette giorni consecutivi, compresa la domenica, quando era rimasta a bocca aperta davanti al cartellino di chiusura settimanale appeso alla saracinesca.

L'ottavo giorno aveva preso i cetrioli *tataki*, i calamari e i pinoli in salsa piccante, lo stufato di alghe *konbu* e funghi *shiitake* e il sugarello fritto dorato. Erano mille e trenta yen. Lei ne aveva dati mille e cinquanta. Poi si era bloccata, con i venti yen di resto sul palmo della mano.

«Le ho dato il resto giusto, vero?» aveva chiesto Matsuko con un'espressione sorpresa e Ikuko aveva confermato.

«Ehm, io, ecco, vorrei candidarmi...»

«Come?» aveva chiesto Matsuko aggrottando le sopracciglia.

«Candidarsi a questo?» Matsuko aveva indicato il cartello appeso alla vetrina.

«Sì.»

Per otto giorni, aveva fissato quell'annuncio scritto con una calligrafia esageratamente rotonda e con un pennarello bicolore. CERCASI PERSONALE: TI PIACEREBBE LAVORARE CON NOI DIVERTENDOTI? NON ESITARE A CHIEDERE!

Matsuko – be', all'epoca Ikuko non sapeva che si chiamava così, ma era solo «la meno simpatica delle due donne della mia età che gestiscono il negozio» – l'aveva ispezionata dalla testa ai piedi. E più la ispezionava, più il suo sguardo si faceva cupo. Dalle sue labbra era uscito anche una specie di: «*Uhmm.* Ehi, Kōko, qualcuno è qui per l'annuncio!».

Era chiaro dalle premesse che non sarebbe stata scelta. Al colloquio di lavoro che era seguito dopo, in cucina, l'atmosfera pesante sembrava dimostrare che non si trattava di un incontro per assumere una persona, ma solo per maltrattarla.

Kōko era stata più empatica e non aveva fatto altro che blaterare a raffica cose senza alcun nesso tra di loro: «Che bella camicia, dove abita di preciso? Allora conosce X! X è la prima moglie dell'attore Y!». Matsuko, invece, la guardava come un gatto randagio che si aggirava tra gli avanzi. Ikuko pensava di aver fatto la cosa giusta venendo come cliente per otto giorni di fila prima di ufficializzare la sua richiesta? Forse era stato un errore. Il peggio era stato quando Ikuko aveva ammesso con disinvoltura di non aver mai lavorato nel settore della ristorazione; a quel punto aveva smesso di contare le onomatopee di palese disprezzo che uscivano dalle labbra di Matsuko.

«Amare il cibo non serve a granché, mi dispiace. La cucina di un dilettante e quella di un professionista sono completamente diverse. Quelle che pensano che lavorare in un ristorante sia la stessa cosa che cucinare per il proprio marito ci fanno solo perdere tempo.»

Matsuko non sarà molto simpatica con i clienti, ma almeno si rivolge a loro con il più rigoroso rispetto per l'educazione di base: «Grazie, signora, fanno mille e trenta yen». Non c'è niente da dire a questo proposito. Ma il modo in cui era passata a un registro completamente diverso, non appena Ikuko le aveva malauguratamente comunicato che era interessata all'assunzione, era stata una sorta di prima lezione sulla dura realtà della vita sociale.

Ikuko l'aveva presa con filosofia, al punto di sentirsi leggermente ferita sì, ma senza riuscire a pensare a una risposta. Matsuko aveva ovviamente ragione, e lei era solo in attesa dell'occasione di defilarsi con un «Arrivederci e scusi per il disturbo».

Mentre aspettava il momento opportuno per darsi alla fuga, Kōko, sventolando con nonchalance il mezzo foglio di carta su cui Ikuko aveva scritto frettolosamente il suo *curriculum vitae* – cognome, nome, indirizzo, età, esperienza professionale (nessuna) – si era alzata di scatto e, con occhi raggianti, pensando a loro come al trio del destino, aveva esclamato: «Cosa? Ti chiami Ikuko?!».

Dopo le quattordici e trenta il lavoro diminuisce.

Le tre si ritirano in cucina per il pranzo. Ognuna di loro siede su uno sgabello intorno al bancone e si serve mettendo nella ciotola il riso e le pietanze rimaste di suo gradimento.

«Penso che il nostro riso sia eccellente. Non siete d'accordo? Anche freddo è buono», dichiara candidamente Kōko.

«Non è freddo, di cosa stai parlando?» bofonchia Matsuko.

«Voglio dire, se fosse anche più freddo sarebbe comunque buono. Io non congelo nulla. Non voglio mangiare cibo riscaldato al microonde. Preferisco mangiarlo così, anche se è del giorno prima. Con una zuppa di *miso* bollente: ottimo, dico io! A patto che il riso sia eccellente.»

«Stai cercando di dirci che sei cresciuta a riso di lusso?»

«*Guahahah!* L'hai sentita, Ikuko?»

«Be', è vero che è eccellente», risponde Ikuko, ingoiando un grosso boccone di riso.

In effetti, il riso di Kokoya è buonissimo. Kōko ha contatti con un commerciante che ha a cuore il suo mestiere e che seleziona per lei una specie meno nota, ma dal carattere notevole.

«Un riso da snob», le ricorda ironicamente Matsuko di tanto in tanto, «soprattutto se paragonato al prezzo dei piatti del menu.»

Kōko è irremovibile: «Il riso è fondamentale».

In linea di massima, Matsuko la pensa allo stesso modo.

Il riso cotto la mattina stessa viene messo nel contenitore di legno ancora caldo e, raffreddando, acquista un aroma delizioso.

Un leggero profumo di osmanto raggiunge il locale: deve essercene uno in fiore nei dintorni.

L'estate è decisamente finita. Dalla porta d'ingresso aperta entra una brezza pungente d'autunno.

"Ah, com'è familiare", pensa Ikuko, colpita da tante sensazioni. Il riso caldo, il profumo di osmanto, quella conversazione futile. Per fermare la marea di ricordi che la assalgono e la stordiscono, emette un sospiro di piacere.

Kōko non glielo lascia passare e reagisce: «Ecco, Iku-chan, ancora quel sospiro sensuale? Sai, il tuo gemito mi fa tornare in mente un ricordo. Ma non è affatto quello che pensi! Tu, Matsuko, hai mai visto una balena?».

Anagraficamente, Ikuko è la più grande delle tre, ma Kōko le si rivolge con il vezzeggiativo Iku-chan, mentre chiama Matsuko, la più giovane, semplicemente Matsuko. Ikuko le chiama educatamente Kōko-san e Matsuko-san. Matsuko, invece, non chiama nessuno per nome. Si limita a dire «Ehi, tu» o «Senti un po'».

«Certo che sì! Lo stufato *yamatoni* è di balena. C'è anche la carne di balena salata. A dire il vero, non mi sono mai piaciuti.»

«Però, l'*obaike* è delizioso. Con una salsa di *miso* e aceto. Comunque, non sto parlando di una balena da mangiare, ma di una balena viva. Avete mai fatto *whale watching*?»

«Certo che no, che idea!»

«Io invece sono andata fino in Canada per vederle. Erano così carine! Si sono avvicinate alla barca e poi, all'improvviso, hanno sparato un getto d'acqua che ci ha bagnati completamente. Che bello! Dietro di me, Haku era estasiato. Lo aveva trovato molto erotico.»

«Ecco dove volevi andare a parare...»

«*Guahahah*, proprio così!» ride Kōko, compiaciuta.

Haku, o «Bianco», è il soprannome di suo marito, il signor Shiroyama: «Montagna Bianca», appunto. Tra loro è finita, ma non è stata la morte a separarli, bensì il divorzio; in ogni caso Kōko non riesce a smettere di parlarne.

Ikuko tuttavia è interessata all'argomento: il signor Haku è un giardiniere paesaggista. Andare a osservare le balene in Canada non è esattamente il tipo di hobby che ci si aspetta da uno come lui. Che tipo di vita conducevano quei due? Kōko parla ininterrottamente tutto il giorno, ma alla fine Ikuko ha l'impressione di sapere ben poco di lei. E riguardo a Matsuko, più riservata, sa ancora meno.

Ah, il campanello! Non quello dell'ingresso, ma quello della porta sul retro.

«Forse è l'uomo del riso», dice Kōko.

«Deve essere lui», conferma Matsuko.

Tuttavia nessuna delle due fa il minimo accenno a muoversi. Tocca quindi a Ikuko alzarsi e aprire la porta. È un giovane che non ha mai visto prima.

«'Ngiorno!»

Alto e magro, fa un inchino. Maglietta bianca, jeans logori, giacca color kaki da pilota.

Ikuko alza lo sguardo quasi incantata.

«È il riso! *Kotobuki risi.* Da oggi sono il vostro nuovo fattorino.»

«Ah, sì. Il riso...»

Finiti i convenevoli, Ikuko dovrebbe prendere possesso del sacchetto di riso che il fattorino ha messo nell'angolo e firmare la bolla di consegna, ma tutta titubante si gira a chiedere aiuto. Kōko e Matsuko, come se lo avessero previsto, sono già in piedi.

«Il nuovo fattorino di *Kotobuki*? Che sorpresa!» esclama Kōko, muovendosi come ad accennare passi di danza. «Bel ragazzo, non è vero?» Si gira per chiedere l'approvazione delle altre due. Ikuko gliela offre senza riluttanza, annuendo con entusiasmo.

«È nuovo?» chiede Matsuko.

«Sì, mi chiamo Kasuga Susumu. Piacere.» La voce è nitida e chiara.

Segue un lungo silenzio. Le tre donne di Kokoya si scambiano un'occhiata, poi Matsuko si schiarisce la voce.

«Non mi riferivo a te, intendevo il riso.»

Questo si chiama rompere il ghiaccio. Il giovane scoppia a ridere senza potersi trattenere.

«Sì, è la prima consegna del riso nuovo. Un nuovo fattorino consegna il nuovo riso!»

«Troppo divertente! Riso nuovo da uno nuovo! *Guahahah!*» ride Kōko.

Matsuko non è da meno. Solo Ikuko sembra non essere in linea.

«Kasuga Susumu, hai detto che ti chiami?» chiede conferma.

«Kasuga, come "giorno di primavera" e Susumu, come "procedere"», spiega il giovane, perplesso.

«*Susumu,* cioè "procedere, andare avanti"...»

«Sì, *Susumu,* cioè vai...» Ikuko si gira soffocando una risata.

Matsuko la segue con uno sguardo interrogativo, mentre Kōko è già oltre.

«Be', io sono Kōko. Lei è Matsuko. E lei è Ikuko. Kōko, Matsu, Iku. *Venite? Vi stiamo aspettando! Andiamo!* E poi ci sei tu, Susumu, *Dritto davanti a te!* Una scala reale, vero? *Guahahahah!*» scoppia a ridere, muovendo passi di danza.

Kokoya chiude alle otto e mezzo di sera. Fatti i conti e le pulizie, sono le dieci quando abbassano la saracinesca del negozio. Kōko e Matsuko prima di rincasare passano a bere qualcosa da Arashi, «Tempesta», il bar tre porte più in là, mentre Ikuko le saluta e si avvia da sola verso casa.

"Sono una bella coppia, quelle due", pensa Ikuko tra sé e sé. L'esagerata giovialità della prima e l'irascibilità gratuita dell'altra si sposano perfettamente, ma non sono compagne ottimali per una relazione al di fuori del lavoro. Comunque, ogni due sere vanno a bere insieme. Di cosa potranno mai parlare fino a mezzanotte, fianco a fianco sui loro sgabelli, visto che da Arashi c'è un solo bancone?

«Qualche volta unisciti a noi, Ikuko! Anche se sei astemia, puoi prendere un succo o una cola, che importa?» Kōko l'ha invitata come sempre, e come sempre Ikuko ha declinato.

L'osmanto ha un odore ancora più forte di sera rispetto al giorno, inebriante come un alcolico. Ikuko si dirige a passo spedito verso la collina. Appena lasciata la via dello shopping, al primo incrocio, entra nella tranquilla zona residenziale, con le sue numerose abitazioni antiche così fitte da non lasciare filtrare quasi nessuna luce o conversazione. Lungo la strada, in circa quindici minuti di cammino, passa prima davanti alla piccola e graziosa casa dove Kōko vive da sola, poi all'edificio di legno dove Matsuko ha affittato un appartamento.

Il suo sta in un complesso su due piani, con sei abitazioni. Ha una cucina, una sala da pranzo e tutti i comfort. L'arredamento è abbastanza nuovo, ma non fastidiosamente lucido. Era stato questo ad attrarla all'inizio, quando si era trasferita. All'epoca, le interessava solo che il canone fosse accessibile. Stava per decidere per un altro appartamento, ma l'agente immobiliare l'aveva presa in simpatia. «Gliene mostro uno che farà per lei», aveva detto. Ed era quello in cui viveva. A convincerla era stata la finestra esposta a nord con vista sul parco.

Ikuko guarda verso il parco. Lascia sempre una sedia vicino alla finestra. Si siede, prende una lattina di birra dal frigorifero e la beve. Di notte il parco è immerso nell'oscurità. Ha un'aria strana: sembra un pezzo di terra sfuggita allo sbancamento e destinato a giardino pubblico per non lasciarlo incolto. Non ci sono attrezzature per bambini. Solo una panchina in mezzo al prato. Accanto alla panchina, un lampione emette un cerchio di luce pallido e infinitamente triste. Ha scelto questo appartamento per il verde, ma è quasi solo di notte che guarda il parco. Ogni volta che approfitta del fatto che ufficialmente non beve alcolici per andare a casa e bere comunque da sola, è qui che si siede, davanti alla finestra che dà sul parco. La prima lattina da trentacinque centilitri non è durata molto. Ne prende una seconda dal frigorifero. Ne beve tre sorsi abbondanti. Poi si concede una breve risata. Le è tornata in mente la storia del «riso nuovo» di prima, quando Kōko ha spiegato cosa trovava di divertente nel nome di Kasuga Susumu e lui ha annuito. In realtà, non sembrava aver ascoltato neanche metà delle frettolose spiegazioni di Kōko. O forse le aveva sentite, ma lo avevano lasciato indifferente. Come a dire: "Sì, e allora?".

«Be', io sono Kōko. Lei è Matsuko. E lei è Ikuko. Kōko, Matsu,

Iku. Venite? Vi stiamo aspettando! Andiamo! *E poi ci sei tu, Susumu,* Dritto davanti a te! *Una scala reale, vero?*» Il ricordo della spiegazione di Kōko la fa sorridere di nuovo.

"Una scala reale. Ha delle uscite geniali, peccato che manchi una carta. Non riesco a smettere di ridere, mi sento brilla, ed è divertente."

In realtà Ikuko non è così resistente all'alcool, ma prende una terza lattina e si dirige verso la camera da letto. Con il futon nell'armadio, lo spazio è occupato solo da una piccola libreria, una stufetta elettrica e due cuscini piatti. Le fodere sono in lana trapuntata con motivi colorati. Ha ricamato queste fodere senza uscire di casa per una settimana, durante il suo periodo da tessitrice. Poi c'era stato il periodo dei preconfezionati, in cui non aveva voglia di cucinare da sola e mangiava solo piatti pronti (noto anche come periodo di Kokoya).

"In che periodo sono, adesso?" si chiede. Ride di nuovo.

Il secondo ripiano della libreria, partendo dal basso, non contiene libri. Su un *runner* da tavola ricamato – un'altra delle sue creazioni del periodo da tessitrice – sono appoggiate due foto. In una cornice di legno, c'è la foto di Shunsuke, suo marito. Nell'altra, più piccola, c'è quella di suo figlio Sō.

Sō è morto quando aveva due anni. E Shunsuke trentaquattro anni dopo, quasi un anno fa. Due bicchierini di vetro soffiato si trovano accanto a ciascuna delle fotografie. Ikuko versa loro un po' di birra, finendo la lattina.

«Salute!» dice, alzando la lattina davanti alle due fotografie, prima di tornare in cucina per prenderne una quarta.

Dall'esagerata allegria della sua voce, sa di essere già un po' brilla. È l'unica cosa che le impedisce di crollare.

"Forse bere la birra è un po' presto per il sorridente bambino di due anni con il cappello di maglia celeste, ma da questa parte della realtà sarebbe un uomo nel fiore degli anni, quindi ha tutto il diritto di bere." È sempre questa l'idea che le viene in mente.

"Che aspetto avrebbe oggi quest'uomo nel fiore degli anni?" Non si era mai posta questa domanda, ma oggi, per la prima volta, un'immagine vaga le è apparsa: Kasuga Susumu, il «nuovo fattorino del nuovo riso». Se avesse avuto la possibilità di crescere, suo figlio sarebbe stato così. Nel preciso istante in cui ha visto quel ragazzo, è stata sopraffatta da un pensiero: "È lui; è Sō!".

Quante volte ha cercato il viso di Sō in quelli delle persone che incrociava? Ma questa è la prima volta che la chiamata proviene dall'altra parte. Ikuko recupera dal piccolo cassetto in fondo alla libreria un bastoncino metallico per le orecchie. Ha provato ogni tipo di oggetto, ma non ne ha mai trovato uno che producesse un suono migliore di questo. Lo batte sul bicchiere di Sō, *chin*! Poi su quello del marito, *chin*! Poi sulla propria lattina di birra, *toc*! Poi canta, seguendo il ritmo. Di solito improvvisa testi sulla prima melodia che le viene in mente. Oggi intona *La canzone del nuovo riso.*

2.
CROCCHETTE DI *TŌFU*

È domenica, e Kōko si sveglia aprendo le tende della stanza da letto: i cosmos bianchi tardivi sono in fiore. Senza lavarsi, senza nemmeno spazzolarsi i denti, con una camicina da notte di pizzo bianco da ragazzina, telefona a casa di Shiroyama Otohiko. Sono le otto del mattino.

"Haku deve essere sveglio a quest'ora. Spero che non sia andato da qualche parte." Kōko prega a ogni squillo. "Speriamo che risponda, speriamo che risponda, speriamo che risponda, speriamo che risponda..." Finalmente sente la cara voce del suo ex marito.

«Pronto?»

«Buongiorno!» squilla Kōko con la sua voce più allegra. Cioè, con almeno il venti per cento di allegria in più di quella che aveva intenzione di elargire. Una voce che quasi le dà un senso di vertigine, perché si è appena alzata e deve ancora carburare.

«Posso venire a trovarti, oggi? Ho qualcosa per te.»

«Oggi...» mormora Shiroyama. Un sussurro puramente acustico. Non c'è nulla di emotivo. Da quando hanno divorziato, per quanto lei abbia lavorato sulla sua spensieratezza, lui si è fatto sempre più impenetrabile. Kōko ne è convinta.

«Un momento, per favore.»

Un *clic*, seguito dall'*Aria sulla quarta corda* di Bach, musica d'attesa della segreteria di Shiroyama.

«*Tararirarari.*» Kōko intona la melodia.

Quando vivevano insieme, Shiroyama non usava mai il tasto di stand-by del telefono. Non si era neanche mai accorto dell'esistenza di questo tasto. Si limitava a mettere la mano davanti alla cornetta. Naturalmente, all'altro capo del filo lo si poteva sentire benissimo, cosa che a quei tempi la faceva ridere. Be', certo non aveva ancora una ex moglie che lo chiamava di domenica mattina. Ride da sola. Prima che lei si renda conto di cosa si sta negoziando laggiù, sul lato dell'aria di Bach, Shiroyama è di nuovo in linea.

«È tutto a posto, è tutto a posto. Nessun problema.»

Spesso viene messa in attesa, ma alla fine è tutto a posto: non è mai stata respinta.

«Mi metterò in viaggio dopo la colazione, quindi penso che arriverò a casa tua verso mezzogiorno. Mangerò qualcosa lungo il tragitto, non aspettarmi per pranzo.»

«Non c'è problema. Quando vuoi. Sono a casa tutto il giorno.» Dietro all'affabilità della sua voce, Kōko percepisce un accenno, molto lieve, di fastidio.

«Allora ci vediamo più tardi!» dice al telefono con un'allegria spropositata, come per spazzare via questo sgradito sospetto.

Kōko esce di casa molto più tardi del previsto. Il trucco e l'acconciatura hanno richiesto tempo e lei ha impiegato ore a decidere cosa indossare. Non che voglia apparire al meglio nella speranza di rialzare la sua valutazione o di sembrare più elegante di quanto non sia. No, per niente. Vuole essere solo sé stessa, la persona che è sempre stata, il che per lei significa la persona che è stata quando era la moglie di Shiroyama. Ma com'era questa persona? Le è sempre più difficile ricordarlo.

Alla fine esce con un vestito di maglia con motivi di dalie rosse, un cappotto rosso e un berretto nero. Il vestito con le dalie è quello che ha indossato il giorno prima; eppure, ha la strana sensazione di essere molto lontana dalla persona di prima. Apre la portiera e prende posto nella sua Mini Cooper bianca.

Per quanto faccia in fretta, fino a casa di Shiroyama occorrono tre ore. Lasciata l'autostrada, c'è un'altra ora e mezzo di strade secondarie prima di arrivare in riva al mare. Ogni volta che ci va, Kōko trova assurda la distanza. Perché Haku era andato a stare alla fine del mondo? Probabilmente lui non glielo avrebbe mai confessato, ma ha la sensazione che sia proprio lei il motivo per cui si è rifugiato in un posto così remoto.

La strada è lunga, ma la litoranea è molto piacevole. Specie in una bella giornata autunnale come questa. Kōko ferma l'auto in una piazzola panoramica e fa una pausa di cinque minuti per ammirare il mare. Non di più, perché non vede l'ora di rivedere Haku.

Non avrebbe mai sospettato, dieci anni fa, che il destino che l'attendeva era quello di dover fare un picnic domenicale per rivedere l'ex marito.

«La vita è proprio strana», aveva detto un giorno a Matsuko al bar Arashi.

«Non vedo cosa ci sia di tanto strano», aveva risposto Matsuko.

«Ehilà!»

Kōko alza le due mani, piene di cosmi tardivi, e sfoggia un grande sorriso gioviale. Di fronte a lei, Shiroyama e sua moglie Megumi sembrano piuttosto imbarazzati: hanno un giardino pieno di cosmi tardivi, tutto intorno alla casa. Comunque Kōko non ha intenzione di lasciarsi abbattere. Se avesse potuto, le sarebbe piaciuto venire ogni fine settimana, ma visto che veniva solo una volta al mese, o addirittura una volta ogni due mesi, non poteva sapere cosa aveva seminato l'ex marito giardiniere.

«Ah, ma non sono esattamente uguali a quelli che vi ho portato. I miei sono cresciuti in città», dichiara, mentre gli porge i fiori.

«Sono bellissimi. Devi avere un buon terreno», dice Shiroyama, osservando i fiori.

«Proprio così, la terra è buona; è per questo che pure io ingrasso!»

Anche Megumi ride, assieme a Shiroyama. Una risata esitante, non sapendo bene come gestire quell'osservazione.

"Certo che sei proprio brava. La visita dell'ex moglie di tuo marito la domenica non dovrebbe essere cosa gradita, ma tu sai benissimo di non doverlo dare a vedere. Haku sa come scegliere le sue donne, questo è certo." Con questo pensiero in testa, Kōko chiede sorridendo: «Megumi, tutto bene?».

L'attuale casa di Kōko è stata acquistata per lei da Shiroyama, con i soldi ricavati dalla vendita della casa di Ikejiri in cui vivevano insieme. Aveva accompagnato Kōko in un giro di agenzie immobiliari, aveva vagliato una serie di offerte e aveva selezionato le proprietà che le sarebbero piaciute. Aveva pagato i mobili, le stoviglie, tutto: lei doveva semplicemente dire: «Voglio questo e voglio quello...» e lui lo avrebbe comprato per lei. Aveva appeso i pensili, montato i mobiletti e le guide per le tende. Si era occupato anche delle complicate formalità: la banca, l'agenzia immobiliare, il trasloco. Shiroyama aveva fatto di tutto. Di tutto per lasciarla e andare a vivere con Megumi.

La casa di Megumi sulla riva del mare è calda.

«È una vecchia baracca, ma l'aria circola bene», dice Shiroyama ridendo.

Ma fa caldo. Forse perché ci sono tre adulti rinchiusi in uno spazio piccolo, si convince Kōko.

È una casa vecchia, certo, e molto piccola, ma è molto ben disposta all'interno. Perfettamente ordinata. A Megumi piace che tutto sia fatto secondo le regole, quindi ovviamente lo dimostra anche quando si tratta di lavori domestici.

"I gusti di Shiroyama devono avere la precedenza quando si tratta di stile di vita", pensa Kōko. Lui ha le sue esigenze, anche se le diceva sempre: «Sono solo un uomo comune. Sei tu che ti agiti troppo».

«Un'altra tazza di caffè?» chiede Shiroyama. I tre sono seduti intorno al tavolo artigianale appoggiato alla finestra. Fuori si vede una vecchia tettoia di legno. Shiroyama ha fatto anche questa, senza dubbio con l'aiuto di Megumi.

«Sì, volentieri», risponde Kōko con l'intenzione di andarsene appena finito di bere la seconda tazza. Di solito ne prende tre, ma oggi è tardi, se dovesse accettarne una terza si farebbe sera. Deve togliere il disturbo prima dell'ora di cena. Sa che una ex moglie non deve oltrepassare l'ora del tè. Dopotutto, Kōko ha dei principi.

«Quanti anni avrà questo ragazzo?» le chiede Megumi, dopo aver seguito con lo sguardo Shiroyama avviatosi in cucina. La conversazione ruotava intorno alla famosa storia del «nuovo riso» dell'altro giorno. L'aveva già deciso in macchina.

«Ventidue, ventitré, suppongo. O forse un po' di più. In ogni caso, meno di trenta, questo è certo. Nuovo di zecca e fresco!»

«Scala reale, quindi?» dice ironico Shiroyama, senza la caffettiera. E poi aggiunge: «Invece del caffè, mangiamo assieme? Oggi abbiamo pensato di fare un bollito misto *oden*, quindi da stamattina abbiamo messo a cuocere a fuoco lento le rape bianche e il taro. Non resta che aggiungere le crocchette di *tōfu* e sarà pronto in un attimo».

«No, no, non posso!» grida Kōko più forte di quanto dovrebbe. Allo stesso tempo, dalla cucina coglie l'odore dell'*oden* che Shiroyama sta riscaldando. E bisogna dire che è davvero buono, molto invitante. Soprattutto perché, ovviamente non glielo ha detto, Kōko, nella fretta di arrivare il prima possibile, ha saltato il pranzo.

«Da un po' sento lo stomaco di qualcuno brontolare e mi ha fatto venire fame!» Shiroyama l'ha capito, naturalmente.

Kōko arrossisce.

«Oggi abbiamo fatto colazione molto presto», aggiunge Megumi, confermando che per lei non c'è alcun problema.

Andata: Kōko si ferma a cena!

I due spariscono uno dopo l'altro in cucina a preparare e lei, sola con la tazza di caffè vuota, pensa: "Ho fatto bene a venire in auto. Così evito di bere; altrimenti, se bevessi, non potrei ritornare a casa e dovrei dormire qui. Questo sarebbe troppo irrispettoso nei confronti di Megumi. E anche per me non è mica uno scherzo".

Tutte le sue precauzioni per non intromettersi troppo, tutti i suoi calcoli per assicurarsi di tornare prima della cena, non sono solo per loro, ma soprattutto per la sua stessa stabilità mentale! Lo sa, ma è meglio ricordarselo di tanto in tanto, pensa, mentre cerca di non ascoltare il rumore dei piatti e l'eco delle conversazioni casuali che provengono dalla cucina.

La pentola di *oden* arriva sul tavolo. Insieme ai piatti di accompagnamento: patate dolci fritte con salsa al peperoncino e *kimchi* fatto in casa, a proposito del quale Megumi si rammarica che non sia ancora perfettamente fermentato. Ma il centro è l'*oden*: fatto con rape bianche, taro tagliato a quarti, uova sode e crocchette di *tōfu* luccicanti di brodo chiaro squisitamente aromatizzato, in cui tutti questi ingredienti hanno sobbollito a lungo con *katsuobushi,* alga *konbu* e ali di pollo, il tutto condito con salsa di soia, *sake* e poco *mirin* per un risultato di sublime raffinatezza.

Delizioso: Kōko non ha bisogno di assaggiarlo per saperlo. Per la semplice ragione che Shiroyama lo aveva preparato spesso per lei, quando erano sposati.

«Ah, le crocchette di *tōfu,* sono *hirōsu,* vero?» chiede Kōko, indicandole.

«Certo, le ho fatte io; sono squisite, sai?» risponde Shiroyama.

Kōko ha preso la patente a cinquantatré anni, a tre anni dall'apertura di Kokoya e poco dopo il divorzio. L'auto era indispensabile per fare la spesa per il negozio e, dato che il suo autista, Shiroyama, aveva dato forfait, avrebbe dovuto cavarsela da sola. Ma la verità è che se si era ostinata a frequentare la scuola guida, un luogo in cui non aveva mai immaginato di dover mettere piede e che non le si addiceva affatto, se aveva sopportato i rimproveri sistematici dell'istruttore, le prese in giro, gli sfottò, le crisi di disperazione per la sua totale inadeguatezza al volante, era perché senza la patente avrebbe passato le giornate a pensare a Shiroyama.

Comunque, ormai guida con grande naturalezza. Si è schiantata contro guardrail, pali e auto parcheggiate un numero impressionante di volte, ma ha sempre mantenuto una distanza di sicurezza dai pedoni in carne e ossa e dai veicoli in movimento, cosa che oggi le è valso il massimo dei punti sulla patente: zero incidenti, zero multe. La sua attuale Mini Cooper è di seconda mano, ce l'ha dalla primavera, e non ha un'ammaccatura né un graffio; è molto graziosa e ben tenuta.

Alle sei del mattino Kōko ferma l'auto nel parcheggio del mercato all'ingrosso dove fa la spesa. È abituata a venirci da otto anni, pertanto non sbatte più contro niente. Alle sei del mattino, di metà novembre, fa freddo. Con addosso un cappotto verde chiaro di media lunghezza e una sciarpa con un motivo di pantere al collo – non *animalier*, ma con pantere disegnate dappertutto, che lei adora – Kōko cammina tutta pimpante.

Ogni volta che incrocia lo sguardo di grossisti e commercianti di sua conoscenza, lancia dei «Buongiorno» e «Freddo, oggi, eh?» a profusione. I saluti ricambiati sono generalmente banali. Alcuni aggiungono «In forma fin dal primo mattino, vero, signora Kōko?» o «Sempre alla grande!» con un sorriso un po' forzato. Forse oggi un po' più del solito, eppure è un giorno come un altro.

"Il che deve significare *che sembro stanca*", si dice Kōko dall'alto della sua esperienza.

La prima cosa che nota sono degli sgombri belli grossi.

"Stufati nel *miso* andrebbero bene. Ma anche fritti, con aglio e *shōyu*, potrebbero essere perfetti. Dato che sono freschissimi, potremmo tenerne due, marinati con l'aceto, per la sera."

Una volta deciso per lo sgombro come piatto principale, non resta che prendere carne e verdura. Così va dal fruttivendolo, dove nota alcuni bulbi di giglio *yurine*.

«Oh, cielo...» Ne prende uno e comincia a esaminarlo da vicino. È bello pesante e c'è ancora un po' di terra attorno, ma sotto il bulbo è bianco e gonfio.

«Dai, dai, non fare la difficile», dice il fruttivendolo, che la conosce bene. «È l'inizio della stagione e sono ottimi. Sono ottimi *kinton*, cotti in un brodo delicato, o con le uova nel budino salato *chawanmushi*. Si possono mettere anche nei *ganmo*.»

Kōko distoglie lo sguardo dall'ortaggio e si volta verso di lui, con occhi perforanti, grandi come bulbi di giglio. «Ma naturalmente!»

«Naturalmente cosa?»

«Nei *ganmo* sarà naturalmente squisito!»

«È così? Ah, sì... certo», risponde l'uomo, sconcertato.

Quel giorno, da Kokoya, il tema si sposta dallo sgombro al *ganmo*. È così che chiamano le polpette di *tōfu* nella zona di Tokyo, nel Kantō: *ganmodoki*, «simile a un'oca selvatica». Le stesse che nelle regioni occidentali chiamano *hirōsu* o *hiryōsu*, «teste di drago volanti».

Shiroyama, nativo di Kyoto, li chiama *hirōsu*. Per Kōko, è stato il primo uomo di sua conoscenza a chiamare le polpette di *tōfu* così – è stato il suo primo uomo anche sotto altri aspetti, tra l'altro – ed è per questo che, per lei, quella parola è sicuramente associata alla voce di Shiroyama.

"*Hirōsu*. La parola porta con sé sensazioni legate a lui. E anche la pietanza in sé è simile a lui", pensa Kōko. Ma per lei gli *hirōsu* veri sono solo quelli fatti a mano da Shiroyama. Gonfi, leggeri, con un profumo di *tōfu* e un succo che riempie la bocca quando li si morde. *Hirōsu* con gamberi tritati, funghi *shiitake* e bulbi di giglio.

È tornata dal pescivendolo per ridurre l'ordine da cinque sgombri a due. Poi è andata al banco del *tōfu*, dove ha comprato dieci pezzi di *momen-dōfu*, il tipo compatto.

Arrivata nella cucina di Kokoya, la prima cosa che fa è scolare il *tōfu*. Una volta ben sgocciolato, ne riempie il gigantesco mortaio scanalato e poi, con un movimento circolare delle braccia, usando il pestello per la macinazione, lo schiaccia. Sarebbe più veloce con una planetaria, naturalmente. Ne ha una grande quanto il suo mortaio gigante. Ma questa mattina, non sa perché, ha voglia di macinare tutto a mano, con il sudore sulla fronte. Più il pestello diventa pesante, più lei ci mette energia.

"Che fortuna saper cucinare!" Kōko ne è intimamente convinta. Anche se ha imparato a cucinare e a interessarsi alla cucina solo grazie a Shiroyama. Forse dovrebbe dire: "Quanto sei fortunata ad amare il cibo! Fortunata di essere viva": ecco cosa intende davvero. Perché anche nei momenti peggiori, nelle peggiori sofferenze, si deve comunque mangiare. E per poter mangiare, bisogna muoversi. Poi riflette: "È una fortuna essere vivi, senza dubbio, ma tra gli esseri viventi, se fossi una lumaca o una mosca, nemmeno proverei pena o dolore. *Guahahahah...*". Questo pensiero la fa scoppiare a ridere. La sua risata rotola per la cucina come una palla di rovi mossa dal vento. Affonda le mani nel *tōfu* schiacciato. Mescola i gamberetti e gli *shiitake*, che ha tagliato a pezzetti durante la scolatura. Poi, naturalmente, i bulbi di giglio. Un po' di sale e sesamo nero. Il trucco è mescolare delicatamente per non rompere i pezzi.

«Bene, ho finito», dice Kōko. Non gradisce l'eco della

propria voce e, per coprirla, aggiunge: «Poi bisogna fare le polpette e friggerle!».

"Finora è andato tutto bene, ma non avrò dimenticato qualcosa? Il sale? No, l'ho messo. Devo aver scordato un ingrediente, come un piccolo segreto che cambia tutto, qual è? È lo zucchero? Olio di sesamo? Bicarbonato di sodio? O solo un pizzico di curry in polvere?" Sa che questo ingrediente segreto è comunque del tutto superfluo. Ammesso che scopra di cosa si tratta, non cambierebbe minimamente il sapore del piatto. Lo sa bene. È una piccola magia che non significa nulla. Ma è questa piccola magia che vuole. Più precisamente, vorrebbe chiamare Shiroyama: "Senti un po', per gli *hirōsu* va bene come ho fatto?". E vorrebbe sentirsi dire da lui che è tutto perfetto, basta fare le polpette e friggerle. "Ma non posso farlo. Ora Shiroyama non è più mio. È sposato con Megumi." Può passare da loro con un pretesto qualsiasi, cosmos tardivi da portare, per esempio, ma una telefonata senza un motivo, solo per chiedere "Senti un po'..." e farsi dare la ricetta degli *hirōsu*, non è più possibile.

«Ah, incredibile!» esclama con una voce che è come un'altra palla di rovi che rotola.

Quanto le piacevano gli *hirōsu*. Non quelli normali, no, quelli con i bulbi di giglio, gli *hirōsu* cucinati da Shiroyama. I primi che aveva mangiato erano una delizia e lo aveva assillato così tanto che lui aveva accettato di prepararglieli di nuovo. Quando andavano insieme al mercato, se lui trovava dei bulbi di giglio dal fruttivendolo, la chiamava.

«Kōko, guarda, ci sono i bulbi di giglio. Ne prendiamo un po'?» Sapeva che lei avrebbe detto di sì, ma glielo chiedeva sempre. E aggiungeva, da copione: «Bene, ora il *tōfu*».

Il ricordo l'accompagna sempre: lui nella casa con lei, laggiù, che cucinava gli *hirōsu*, senza alcuna preparazione, senza alcun rito di presentazione, e poi con l'aria spensierata diceva: "Li ho fatti io, sono squisiti, sai?".

"Possibile che abbia dimenticato? Probabilmente per lui non era indimenticabile. È proprio così. Ci passano anni luce, tra un *mi ricordo* e un *non lo dimenticherò mai.*"

«Ehi! Che succede qui?» Kōko si gira di scatto alla voce di Matsuko, con Ikuko in piedi dietro di lei, gli occhi spalancati.

«Ho preparato gli *hirōsu*», risponde con naturalezza Kōko.

«*Hirōsu*?»

«Sì, a Tokyo li chiamano *ganmo.*»

«Lo vedo che è *ganmo,* ma perché così tanto?»

Sul giornale accanto alla pentola per il *tempura,* le crocchette formano una montagna. Le mani e le guance di Kōko sono rosse per il calore. Raccoglie gli ultimi due che sono appena venuti a galla, poi spegne il gas. Pensa a quello che sta per dire a Matsuko. Il fatto che pensi prima di parlare è eccezionale, quindi ci mette un po'.

«Perché sono buoni!» esclama e conclude con una gran risata: «*Guahahah*».

«Per quanto siano buoni, non ti sembrano troppi? I giovani d'oggi non ne mangiano. Inoltre, noi non siamo una rivendita di *tōfu.* Anzi, se lo vuoi proprio sapere, dovremmo venderne la metà al negozio di *tōfu.*» Alla conclusione della filippica di Matsuko, Kōko si ricompone. I rimproveri, le maldicenze e le osservazioni sornione di Matsuko sortiscono su di lei un effetto vitaminico. Anche se, il più delle volte, Kōko pensa semplicemente che Matsuko abbia un pessimo carattere, conosce anche l'altro lato della sua personalità. Be', non che questo sia particolarmente radioso e benevolo, sia chiaro.

«*Hirōsu* deliziosi come questi? Quello del *tōfu* chiuderebbe, se li vedesse! *Guahahahah!*» La risata di Kōko è molto più naturale e giocosa di prima. Va meglio quando ha una mano al suo fianco. La mano di Ikuko, che prende una polpetta e la morde.

«Ma... buonissima!» E non è a Kōko che lo dice. Guardando fisso la crocchetta, parla con lei. Kōko è felicissima e ne prende una anche lei. Quando si gira, Matsuko è già scomparsa, ma torna subito brandendo la bottiglia di salsa di soia.

«E lo mangi senza una goccia di *shōyu*?»

La bottiglia passa di mano in mano e presto le tre donne si ritrovano in cerchio a mangiare le crocchette di *ganmodoki* appena fatte.

"Che fortuna essere vivi!" pensa ancora più forte Kōko.

Non serve ripeterlo, il motto della vita di Kōko è *Attacca!* Perché la migliore difesa è un buon attacco. Sempre su di spirito, senza lasciarsi sfuggire le occasioni: attaccare ancora e ancora. Kōko ribadisce il concetto nel momento in cui Susumu arriva per la consueta consegna.

«Susumu! Entra pure, figliolo.» Kōko lo accoglie allungando entrambe le mani sul sacco di riso da venti chili che il ragazzo ha appena messo a terra. Susumu deglutisce a fatica e non riesce a trattenere un gesto di paura. Le braccia di Kōko si chiudono sullo spazio vuoto.

«Mi dispiace, pensavo che mi stessi per picchiare», dice Susumu, troppo serio perché possa essere uno scherzo.

Kōko è quasi offesa. Pianta i pugni sui fianchi. «E perché dovrei volerti picchiare? Entra, entra, stavo per invitarti a prendere qualche *hirōsu*...»

«*Ro*... arrosto?»

«No, *hirōsu*. Crocchette di *tōfu* schiacciato con vari ingredienti, appallottolate e fritte in olio. *Ganmodoki*, se preferisci.» Mentre Kōko spiega, un'ombra si infila tra loro. È Ikuko.

«Ecco a te. Se vuoi, puoi portarne un po' via, ne abbiamo preparato a palate.»

Gli mette in mano un sacchetto di plastica bello pieno, chiuso da un nastro adesivo rosso le cui estremità non coincidono e sembrano formare un fiocco.

«Davvero posso prenderne così tanto?»

Kōko si acciglia leggermente, ma poi: «Certo, certo...».

All'improvviso compaiono due mani da dietro. È Matsuko.

«Ecco, provane uno. Con una goccia di soia.» Gli offre un piattino con un *hirōsu* e una boccetta di *shōyu*.

Susumu è un bravo ragazzo. Accetta il piatto senza complimenti, bagna la polpetta con poca soia come indicato e la mangia in un sol boccone.

«Ma è buonissima!»

«Vero?»

Kōko aggrotta di nuovo le sopracciglia, e stavolta pesantemente. "Sono io che le ho fritte. Grondando sudore, per giunta!"

Una volta andato via Susumu, Kōko decide di mettere le socie a parte delle sue considerazioni: «Solo per conoscenza, devo dirvi una cosa».

Mentre Ikuko sistema i piatti del pranzo e Matsuko mette le porzioni nei vassoi per la vendita serale, si voltano entrambe con il sorriso sulle labbra. Come se si fossero messe d'accordo.

«Mi piace Susumu», conclude Kōko.

Le altre due si scambiano un'occhiata, poi Ikuko dice: «Capisco». Un istante dopo, a bassa voce, aggiunge: «Anche a me piace».

Kōko rimane stupita. Non c'è dubbio, questo va preso come un proclama, una dichiarazione, proprio come la sua. Ma la sorpresa più grande è Matsuko che, come se parlasse a sé stessa, con un tono stanco ma deciso, afferma: «Anche a me».

3.
NOODLES AL SUGO DI PESCA

Se Matsuko ama mangiare bene, ed è diventata un'ottima cuoca, è grazie a sua madre.

Suo padre cambiava sempre lavoro, quindi la famiglia non era ricca. Ma la mamma sapeva come fare miracoli dal nulla. Non sgarrava mai, né al mattino, né a pranzo, né alla sera. Il suo unico lusso era comprare tutti i libri di cucina che riusciva a trovare. La cucina era il suo hobby. O forse era il perno su cui riusciva a tenere insieme la famiglia, visto che il marito non riusciva a stare fermo, e non solo professionalmente.

Matsuko proviene da una famiglia di grandi amanti della buona tavola e il suo palato è stato educato a cibarsi di cose buone. Sua madre, anche se la sua vita matrimoniale l'ha costretta a tagliare i ponti con i ristoranti gourmet tradizionali, non le avrebbe mai permesso di mangiare alimenti di scarsa qualità. Tuttavia, il ricordo di un episodio particolare, per così dire indicibile, la perseguitava.

Doveva essere al primo o al secondo anno della scuola elementare. Forse sua madre aveva trovato l'idea in qualcuno dei suoi libri. Aveva deciso di organizzare una festa di Natale, spinta dal bisogno di mostrare ciò che era in grado di fare a un pubblico un po' più ampio della sua famiglia. Matsuko pensava che fosse un'ottima idea, quindi aveva invitato molte delle sue compagne di classe. Altri al suo posto si sarebbero vergognati di mostrare agli amici che la sua famiglia viveva in una vecchia casa decrepita di cui non era neanche proprietaria. Lei, invece, provava un certo orgoglio, perché era sicura che sua madre avrebbe preparato un banchetto speciale. Sua madre era molto motivata.

«Allora, cosa preparerò per queste bambine?»

Non poteva permettersi grosse spese, pertanto avrebbe dovuto ricorrere a tutte le sue conoscenze culinarie e alla sua destrezza.

Forse aveva sopravvalutato l'importanza dell'evento? Forse era troppo motivata?

Quel giorno Matsuko aveva dimenticato quasi tutto quello che c'era nel menu, a causa dell'impressione potente che le aveva lasciato un piatto in particolare: i noodles alle pesche. Non era così che sua madre aveva chiamato il piatto, ma era il nome con cui se ne era parlato in tutta la scuola per diversi giorni. Per essere più precisi, si trattava di vermicelli di grano tenero, noodles appunto, serviti caldi con una salsa a base di pesche sciroppate. Nome del piatto: *vermicelli al sugo di pesca.*

La madre di Matsuko lo aveva presentato come una ricetta occidentale. Ripensandoci ora, probabilmente aveva in mente l'immagine della pasta italiana. E forse Matsuko, oggi, troverebbe buoni questi noodles alle pesche. In ogni caso, si tratta di un episodio di cinquant'anni fa, risalente al decennio 1955-1965, i cosiddetti anni Trenta dell'era Shōwa. Allora non c'era in commercio pasta – all'epoca la maggior parte delle persone non sapeva nemmeno cosa fosse –, quindi aveva usato i noodles orientali.

Tutte le compagne si erano guardate e, ridacchiando, si erano tenute alla larga dall'assaggiarle. Non c'era da stupirsi, visto che a scuola avevano riso a crepapelle per giorni, ma non era questo il peggio. L'immagine della sua mamma che gettava nel cestino i noodles freddi e induriti, una volta che tutti se ne erano andati, le era rimasta impressa ancora più dolorosamente nel cuore.

Al capezzale di sua madre, che stava per esalare l'ultimo respiro, le era tornata in mente. Forse perché era un'immagine piena di tristezza, anche se oggi invece le strappa un sorriso.

"Grazie, mamma", pensa Matsuko in cuor suo.

Sua madre viveva con la figlia maggiore, a Shizuoka, da diversi anni. Aveva smesso di alzarsi dal letto, e dopo sei mesi, a poco a poco, ha chiuso gli occhi e si è spenta. Aveva ottantotto anni. È triste e non facile. Matsuko si era preparata a quella tristezza per sei mesi. I tubi, che le uscivano da ogni parte e la collegavano a una macchina dal rumore sinistro, facevano male più di tutto. Sua madre ha finito di soffrire ed è quasi un sollievo.

Matsuko ricorda che l'ultima conversazione con lei è stata a proposito di Shun.

«Come sta Shun?» ha chiesto la madre.

«Be', non lo so», ha risposto Matsuko.

Shun non ha partecipato né alla veglia né alla cerimonia funebre, come Matsuko si aspettava.

Matsuko è poi tornata al lavoro a Kokoya un giorno prima del previsto, nonostante i giorni di ferie presi.

«Chi c'è? Matsuko?»

«Ah, Matsuko?» Kōko e Ikuko la salutano. Poi il silenzio. Senza dubbio, cercano le parole giuste da dire in queste circostanze.

"Conosco la situazione", pensa Matsuko.

Quando Shun si è sposato, intorno a lei aveva riscontrato lo stesso tipo di reazione.

«Perché fate quella faccia? È mia madre che è morta, non io», brontola.

Entrambe annuiscono. «Be', è vero. Sei ancora viva, ed è l'unica cosa che conta», dice Kōko.

«Sei stanca? Non devi sforzarti», consiglia Ikuko.

«Che si faccia troppo o meno, una cosa è certa: non si

può vivere senza lavorare.» Parole senz'anima, sgorgate automaticamente da Matsuko. A volte ha la sensazione di essere trattata come una bambina. Non perché sia la più giovane. Per dirla in altro modo, ha scoperto cosa significa essere coccolati da quando ha iniziato a lavorare da Kokoya. Non sa se esserne felice o meno.

In ogni caso, sbrigati i convenevoli, Matsuko è tornata a lavorare a pieno regime.

Il rumore del grande coltello, il vapore che sale dalle pentole, lo sfrigolio del wok per brasare. Tutto questo forma, sovrapponendosi in strati, l'atmosfera della cucina familiare.

"Il fatto che io sia qui non significa che io sia tornata alla mia routine, quanto piuttosto che sia tornata in me: per questo ho abbreviato il congedo", dice Matsuko a sé stessa. "È così bello avere un posto dove tornare!" Le costa, ma Matsuko deve ammetterlo. "Nonostante sia un posto senza uomini, un ambiente di sole donne anziane, con i volti paonazzi e i capelli puzzolenti di *shōyu*!" Anche se, naturalmente, in fondo alla sua mente, immagina altri posti dove poter andare, un giorno.

Comunque non è la solita Matsuko, quella che ora chiede nervosamente, mentre tagliuzza foglie di rapa bianca: «Allora, è stato deciso il menu di Natale?».

Kōko e Ikuko trattengono il fiato voltandosi verso Matsuko con gli occhi sgranati.

"Oh, cielo!" pensa Matsuko. "Dovrei essere contraria all'idea di un menu di Natale. Me ne ero dimenticata..."

«Be', dato che dovremo ripetere questa farsa anche quest'anno, sarebbe meglio sapere tutto in anticipo, se ci sono cose da preparare...» aggiunge per salvare le apparenze.

Kōko e Ikuko si guardano e fanno cenni di consenso.

«Quest'anno pensavamo di fare il pollo alla cinese», inizia Kōko.

Ikuko aggiunge: «Sì, sì, ne parlavamo ieri, vero? Con soia

e un po' di aglio. Dorato con olio di sesamo, non sarebbe male. Si sposa bene anche con il riso. Che ne pensi?».

"Ah sì, perché no. Potrebbe essere buono", pensa Matsuko, ma non lo dice, non sarebbe da lei. O almeno così crede. «Pollo? Non è molto originale», risponde invece con una smorfia. «Dovremmo lasciar fare il pollo al Kentucky Fried Chicken. Che sia alla cinese o alla francese poco importa. Da noi ci si aspetta originalità.»

Le altre due continuano ad annuire per evitare polemiche, come tigri di cartapesta *hariko* con la testa dondolante, trovando infine un'espressione che parla e dice: "Ci risiamo..." o "La solita guastafeste!".

Quanto basta per rassicurare Matsuko: il suo personaggio va ancora forte.

Natale. Il Natale è davvero un problema. Innanzitutto perché quest'anno, per una volta, vorrebbe davvero evitare di passare la Vigilia con Kōko da Arashi. Ogni anno spera di cambiare, ma poi è sempre lo stesso: da Arashi con Kōko. Ma stavolta non se ne parla! Deve assolutamente trovare un programma alternativo.

«Matsuko, vogliamo passare da Arashi?»

«No, non mi va.» Non doveva rispondere con quel tono, ma ci ha pensato tutto il pomeriggio e le è sfuggito. Soprattutto perché non è la Vigilia di Natale, e stasera, in effetti, le piacerebbe rimanere a bere con lei.

«Davvero? Be', allora forse andrò a casa da brava anch'io», desiste Kōko.

"Questo modo di rifiutare subito l'invito è una sua particolare delicatezza", pensa Matsuko. Ammettiamolo: Kōko può essere oltraggiosa, invadente e oppressiva, può non avere gusto nel vestire, ma ha anche i suoi lati positivi.

«Oggi devo andare in un posto», ribatte Matsuko. È un po' tardi per tornare indietro e dire: «Sì, dai, andiamo a berci una cosa insieme». Così, per evitare complicazioni,

Matsuko esce per prima e va nella direzione opposta a quella abituale e, solo per togliersi il più velocemente possibile dal campo visivo, si mette alla ricerca di un minimarket nelle vicinanze. Nel primo che trova, si fa strada a gomitate tra giovani che leggono a scrocco e si dirige verso l'espositore per sfogliare le riviste una per una. Ne sceglie alcune. Poi passa al reparto cosmetici e, dopo aver fissato per diversi minuti l'espositore, prende un rossetto rosso. Pagati le riviste, il rossetto e uno yogurt da bere, devia ulteriormente per prolungare il rientro. Attraversa il folto boschetto di fronte alla casa dei suoi proprietari e sale le scale esterne dell'appartamento retrostante.

L'edificio si chiama *Casa Doliade*. Da dove provenga quel nome, Matsuko non lo sa. Si è trasferita qui poco dopo aver trovato lavoro da Kokoya, e dunque ci vive da quasi dieci anni. I proprietari sono una coppia di anziani che occupa la costruzione principale, ma non ha alcun rapporto con loro al di là di un cenno di saluto quando li vede. E va bene così. Per quanto riguarda le relazioni, ha già abbastanza da fare con Kōko. Padroni di casa che accettano senza problemi un'inquilina single di mezza età sono abbastanza rari da meritare il suo pieno apprezzamento.

Con una cucina di quindici metri quadri e una camera da letto più o meno delle stesse dimensioni, corrispondenti a sei stuoie di tatami, più un'improbabile stanza di due sole stuoie, la disposizione dello spazio è piuttosto atipica, ma tanto lei non ha mai ospiti a casa, né Kōko, né Ikuko, né nessun altro. Tuttavia, tutto è impeccabilmente ordinato e pulito, al limite del monotono e dell'insipido.

Quando aveva lasciato la famiglia per vivere da sola, sua madre le aveva dato questo consiglio: «Comportati sempre bene. Tieni sempre la casa in ordine, così non avrai modo di vergognarti e necessità di far aspettare qualcuno all'ingresso».

Era successo trentacinque anni prima ed era diventato il suo chiodo fisso.

In questo periodo dell'anno, ha installato un piccolo tavolo riscaldato, un *kotatsu*, nella stanza con i due tatami. Matsuko collega il *kotatsu* alla presa e si mette sotto la coperta verde smeraldo che ha fatto a mano, insieme alle sue riviste e alla sua bevanda allo yogurt. Con il tavolo caldo e Matsuko, la stanza con le due stuoie di tatami è piena zeppa, ma è proprio questo che le piace: questo sentirsi avvolta, lo trova riposante. Non appena si è riscaldata, beve lo yogurt freddo mentre sfoglia le sue riviste: *Natale. Un regalo fatto a mano per la tua persona speciale. Una cena perfetta per la Vigilia di Natale a casa. I preparativi per il Natale in Scandinavia.* Titoli di questo genere, e così via. Tutte le riviste presentano almeno uno o due articoli *speciali* di Natale. Li scruta tutti, chiedendosi cosa può fare. Non dal punto di vista tecnico, dato che è tutto estremamente elementare: lavorare a maglia una sciarpa di lana grossa da avvolgere in un pacchetto regalo decorato con Babbo Natale e un biglietto con scritto *Copriti bene, non raffreddarti!* oppure una torta salutista, con carote e zucchero nero, in una confezione regalo fatta a mano, con scritto *BUON NATALE DI CUORE* da donare con un sorriso accattivante, ma non ostentato...

"Non ci riesco." Le ci è voluta un'ora per arrivare a questa conclusione. In realtà, non aveva bisogno di tanto tempo per scoprirlo. "Tutto questo", pensa Matsuko, "tutte queste cose carine, tutta questa bellezza, è per coloro ai quali la vita ha fatto le giuste promesse fin dalla nascita."

Il giorno dopo, gli occhi di Matsuko si allargano all'arrivo di Susumu. Oggi non è qui per il riso, ma per presentare il nuovo calendario promozionale del suo datore di lavoro. La donna riserva una rapida occhiata al calendario in quadricromia che illustra mese per mese i piatti di riso di tutto il mondo, ma a Susumu dedica uno sguardo dettagliato.

Bello. Questo è un dato di fatto. Un bel ragazzo. Per essere precisi, non il tipo di ragazzo bello che si vede al giorno d'oggi. Un viso regolare e ben marcato. È un bel ragazzo all'antica, il che probabilmente spiega perché sembra inconsapevole, cosa che aumenta ulteriormente il suo fascino. Alto e snello. Sportivo. Non è timido, ma nemmeno malizioso, per così dire. Si percepisce una forte presenza materna dietro la sua educazione.

«Sì?» chiede Susumu con un sorriso imbarazzato.

Matsuko ricambia il sorriso, facendo del suo meglio per non renderlo troppo lascivo.

"Un bravo ragazzo, di sicuro", si dice. "Molto meglio di Shun. Ovviamente migliore. Okay, la cosa più evidente tra me e lui è la differenza di età, ma allora? Visto che non sarà mai mio, che male c'è? Posso scambiare Shun con lui, no? Non c'è solo Shun al mondo. Non c'è carenza di uomini migliori di Shun. Migliori fuori e anche dentro. Ce ne sono moltissimi. È a questo che devo pensare un po' di più, d'ora in poi.

«Tu sei giovane, dunque non hai nulla contro la cucina italiana?»

«Niente di niente», risponde Susumu serio.

«E ti piacciono le pesche?»

«Adoro le pesche!»

«Allora aspetta un attimo.»

Matsuko torna in cucina, versa il contenuto di una padella su un piatto e torna alla porta di servizio. Sono i noodles alle pesche cucinati prima. *Vermicelli in salsa di pesca*, per la precisione, sono la reincarnazione dei *momo noodles* di sua madre. Ha trovato qualche ricerca su Internet. Digitando *momo pasta* – naturalmente una single di sessant'anni ha un computer, e non se la cava male – si è imbattuta nella ricetta.

«Ecco, prova e dimmi cosa ne pensi.»

«Assaggio volentieri.» Senza la minima apprensione, Susumu affonda la forchetta che gli è stata prontamente fornita nei vermicelli e se ne porta un boccone alle labbra. "Oh, non male. Niente male..." Matsuko approva interiormente. In ogni caso, Shun avrebbe fatto un sacco di domande. Forse si sarebbe anche rifiutato di assaggiarlo. "Ah, ma decisamente meglio!" Anche se è pagato per questo, in un certo senso, perché il ruolo di assaggiatore per i suoi clienti del catering fa indubbiamente parte dei compiti di un fattorino del riso. Susumu ingoia il primo boccone, aggrottando le sopracciglia. Ne prende un altro.

«Ha un sapore un po' agrodolce», dice, visto che gli è stato chiesto di dare il suo parere.

«Quando si mangia?»

«Quando?» Matsuko finge di pensare. Kōko e Ikuko gli hanno fatto esattamente la stessa domanda, prima.

«Cioè... Che portata è: si mangia come piatto principale o come dessert?»

«Ah, capisco», annuisce Matsuko. A dire il vero, nemmeno lei ne sa molto. I vermicelli di sua madre avevano un sapore dolce. Forse il piatto è più un dessert? La ricetta consultata da Matsuko aggiungeva pomodori, prosciutto crudo e aglio, e qualcosa le dice che è sicuramente più vicina alla ricetta autentica. Il risultato, come dice Susumu, è «agrodolce», e con l'aglio che si combina con il sapore della pesca, è difficile considerarlo un dessert. "Significa che è nella stessa categoria della pasta alla carbonara o aglio, olio e peperoncino?" Neppure lei lo sa. «Be', dipende dai gusti», risponde infine.

«Intendi che è a gusto di chi lo mangia?» Susumu fa una faccia interdetta.

«Non è male, ma non è esattamente un piatto tradizionale, no?» interviene Ikuko, che si è avvicinata da dietro. Matsuko si gira e la guarda, ma Ikuko fa finta di niente.

«Stiamo provando il menu di Natale. Ti piace il pollo, Susumu?»

«Oh, adoro il pollo!»

«Perché Natale significa pollo, vero?» Ikuko coglie Matsuko di sorpresa e ride.

"Cosa? Ikuko! Che sfacciata..." La situazione dà una spinta allo spirito combattivo di Matsuko. «Questo piatto è un ricordo personale, viene da mia madre», mormora con un'aria di indicibile pathos che sorprende persino lei. «Mia madre è morta qualche giorno fa.»

"Morta?" Il volto di Susumu si fa subito serio, e stavolta è Ikuko a lanciare un'occhiata a Matsuko. Matsuko sta mentalmente stringendo il pugno in segno di vittoria quando il telefono del negozio inizia a squillare.

«Matsuko! È per te!» grida Kōko.

Il bar Arashi è gestito da una coppia di cinquantenni, Nobiru e Utako. «Ehi! È un bel po' che non ti si vede!» dice Nobiru, scuotendo il suo grosso corpo, con una mano in aria, quando vede Matsuko entrare dopo Kōko.

«Non così tanto, non esageriamo», risponde freddamente Matsuko, prima di sedersi con l'amica al loro solito posto, a sinistra in fondo al bancone.

«Nobiru! Champagne, stasera! Champagne!» annuncia Kōko con voce acuta.

«Che cosa? Champagne?!» esclamano all'unisono Nobiru e Utako, che sanno tutto della madre di Matsuko.

«Ma sì, ma sì. Oggi è successo qualcosa di grande a Matsuko. Finalmente, invece di piangere la morte dei nostri cari, preferiamo gioire di essere vivi, non è vero?» La richiesta di approvazione di Kōko è accolta da un mezzo sorriso di Matsuko.

Al telefono era Shun. Per scusarsi di non essere venuto alla veglia e al funerale della madre, voleva invitarla a cena.

«E sapete come è andata a finire? Che si vedranno a casa di Matsuko!»

«Nooo! Incredibile...» commentano Nobiru e Utako, spalancando gli occhi. E tutto il bar, cioè i pochi clienti presenti, applaudono. Grazie alla proverbiale indiscrezione e alla voce squillante di Kōko, tutti ora conoscono i dettagli della vita privata di Matsuko.

Come sempre, Matsuko beve in silenzio. Parla a malapena. Osserva Kōko che si dà un gran daffare, sia con gli avventori che con gli altri clienti abituali del bar, accontentandosi di proferire una o due parole di tanto in tanto, di solito battute o risposte taglienti. In genere inizia con una birra (oggi è champagne), che sorseggia; poi passa a bicchieri di *shōchū* diluito con acqua calda e una prugna salata. Fino allo scoccare della mezzanotte, quando ha finito il terzo *shōchū* con acqua.

«Kōko...» Matsuko appoggia il bicchiere vuoto sul bancone. «Quindi mi stai abbandonando, Kōko...» Solo qui, da Arashi, Matsuko si rivolge a Kōko in modo confidenziale.

«Non ti sto abbandonando, di cosa parli? E poi, cosa significa abbandonare?» Kōko scoppia a ridere. Ormai ci è abituata. Gli altri clienti non ci fanno nemmeno più caso.

«Be', fino a ora...» La voce di Matsuko sembra rotta dal singhiozzo. «Abbiamo sempre passato la Vigilia di Natale insieme, vero?»

«Sì, ma che problema c'è? Anch'io vorrei fare come sempre, ma visto che quest'anno passerai la Vigilia con il tuo *Tesoro*...» Kōko mette in scena uno spettacolo, si finge delicata. Sospettando che qualcosa di nuovo stia per affiorare, alcuni clienti si mettono ad ascoltare con attenzione.

«Non è mica sicuro», dice Matsuko, ancora con il singhiozzo. Una volta data voce a questo pensiero, non può fare a meno di ipotizzare che sia la realtà, e di nuovo è assalita dal singhiozzo e dalla commozione. «Sono solo parole. È sempre la stessa storia. Shun non è venuto alla veglia e non è venuto alla cerimonia funebre. Ha detto che sarebbe venuto, ma non l'ha fatto. Dice cose carine al momento, ma poi non le mette mai in pratica.»

«Ma questa volta è quella buona; succede prima o poi, no? Ora che tua madre è morta, comincerà a fare seriamente...»
«Dici?» Matsuko alza il viso lacrimoso.
Kōko le dà una pacca sulla spalla. E allo stesso ritmo, tutto il bar Arashi annuisce.

La Vigilia, di solito, Matsuko lascia Kokoya verso le nove, circa un'ora prima. In realtà sono Kōko e Ikuko a cacciarla. In linea di principio, Ikuko non sa nulla, ma la telefonata al negozio il giorno prima e l'atteggiamento di Kōko fanno scommettere che le abbia detto tutto. Non c'è niente da fare. Non le ha mai chiesto di tenere per sé cose del genere, e basta vedere lei sempre ubriaca al bar per capire che, dal punto di vista di Kōko, la sua relazione con Shun è un segreto molto condiviso, e Matsuko ne è consapevole.
La sera della Vigilia, Kōko e Ikuko stanno ancora riordinando, non usciranno a breve. Eppure, come al solito, Matsuko continua a girarsi, camminando nella direzione opposta a quella del suo appartamento. Arriva davanti alla stazione. Si fa strada tra la folla che costeggia la galleria commerciale, illuminata da luci colorate a forma di campana e di renna, ed entra in un Kentucky Fried Chicken.
«Matsuko! Da questa parte! Qui!» Shun è già arrivato. L'interno del fast food è decorato in rosso, verde e oro, ma è la prima volta in vita sua che Matsuko entra in un Kentucky Fried Chicken, quindi non è in grado di capire se si tratti di decorazioni natalizie o dei soliti colori aziendali. In fondo, dietro un tavolo di giovani molto chiassosi la cui età media è meno di un terzo di quella di Matsuko, Shun agita la mano con un sorriso disinvolto. Sul tavolo c'è una cosa, si direbbe una scatola di pollo.
«Questo è il menu speciale di Natale. L'ho ordinato appena arrivato, per paura che non ce ne fosse più», spiega Shun, con aria molto orgogliosa. Ha cinquantotto anni, due in meno di Matsuko. E, grazie al suo viso giovanile, sembra

ancora più giovane. È relativamente basso, infatti è a malapena della stessa altezza di Matsuko, che è piuttosto alta per essere una donna. Anche se solo di recente, alcuni capelli bianchi si sono insinuati nella sua chioma, sempre abbondante e ordinata, tagliata sopra le orecchie, tanto da sembrare un colbacco russo.

«Cosa bevi?» domanda lui.

Lei sta per chiedere se c'è della birra, ma ci ripensa quando vede il grande bicchiere di Coca-Cola davanti a Shun. «Una coca», dice.

Shun si alza in fretta e si avvicina al bancone per prendergliene una. «Mi dispiace di non essere riuscito a venire al funerale di tua madre», dice. «Non ho fatto in tempo a causa del lavoro, capisci?»

«Ma poi sei andato a bruciare un bastoncino di incenso, giusto?»

«Ehm... no, no, non ci sono andato», balbetta Shun.

"Non ci sei andato?" Non vuole insistere, ma sua sorella maggiore le ha detto al telefono che, non appena Matsuko è partita per Tokyo, Shun è andato a casa della famiglia per offrire un bastoncino di incenso. Perché quest'uomo sputa bugie che crollano da sole alla prima domanda? Matsuko emette un profondo sospiro interiore.

Segue il silenzio.

Shun prende un pezzo di pollo e Matsuko fa lo stesso. Ha sgranocchiato le pietanze invendute con Kōko e Ikuko dopo la chiusura, quindi non ha affatto fame, ma addenta una coscia per seguire l'esempio di Shun. Mentre mastica il pollo, lui si affretta a sorridere non appena i loro occhi si incontrano.

«Come va il tuo lavoro? Voglio dire: sei stata occupata a Natale?»

«Be', abbastanza», risponde Matsuko. «Quest'anno abbiamo preparato il pollo alla cinese per il menu di Natale. Con salsa di soia, aglio e riso, con cui si sposa benissimo. Per i giapponesi, il pasto di Natale non può prescindere dal riso, lo sai.» Shun annuisce, rassicurato dal fatto che la conversazione sta andando bene. Ovviamente, non è la conversazione che Matsuko sognava di avere.

"Cosa ci facciamo qui? Avevi promesso di venire a casa mia. Perché hai aspettato il tardo pomeriggio per telefonarmi e dirmi che mi avresti attesa al Kentucky Fried Chicken? Un uomo di cinquantotto anni e una donna di sessanta che festeggiano la Vigilia di Natale in un fast food: che cosa ti sembra?" È quello che Matsuko vorrebbe dirgli, ma non può. Dopo l'argomento del pollo alla cinese, cala ancora il silenzio.

Shun prende una seconda coscia di pollo. Matsuko non lo segue. Dalla busta di carta che tiene in mano estrae un pacchetto.

«Ecco, un regalo di Natale.»

«Eh?» Shun si ritrae. «Mi dispiace, io non ho nulla per te.»

«Non devi preoccuparti. Non è molto, vedrai.» Shun non tende nemmeno la mano per prendere il regalo di Matsuko. È lei a spingere il pacchetto. Così lui lo apre, con movimenti esitanti. Emette un «Eh?» di sorpresa diverso dal precedente.

«Cos'è?»

«*Momo noodles*.»

"È un bene che non sia ubriaca", pensa Matsuko. "Se lo fossi, piangerei. Ma siccome non lo sono, posso ridere."

«Stavo scherzando. Non è un regalo di Natale, sono gli avanzi di oggi. Una ricetta che ho provato. E non mi è riuscita.»

«Che cosa significa?» Confortato, anche Shun inizia a ridere. Infine, apre il coperchio della vaschetta di plastica contenente i vermicelli al sugo di pesca. «Che cos'è questa roba? Cosa sono i *momo noodles*?» chiede timidamente.

"Come sempre, è nel pallone", pensa Matsuko.

4.
PATATE-TIMBRO

È in lutto, ma questo non le ha impedito di ricevere cinque biglietti di auguri per il nuovo anno: dal calzolaio, dal merciaio e da una vecchia compagna di classe delle elementari, alla quale non ha detto che il marito è morto. Non si erano più sentite per decenni, a parte quei canonici scambi di auguri. Non ricorda nemmeno il suo volto. Queste tre cartoline sono state rispedite dal suo vecchio indirizzo. Poi c'è il biglietto dell'agente immobiliare che le ha proposto la nuova casa. L'ultimo è solo un errore di consegna dovuto a un caso di omonimia. Pare che un'altra Kashima Ikuko viva nel distretto vicino. Sul momento, ha letto il biglietto senza controllare l'indirizzo. E anche in seguito, pur sapendo che si trattava di un errore, lo ha riletto più volte. Lo sa quasi a memoria.

Auguri per il nuovo anno!
Spero che siate tutti in buona salute.
Non ci sono novità su mia moglie. E le mie gambe sono peggiorate.
Mi dispiace di non poter venire come promesso.
Rimi sarà diventata ancora più bella, sono sicuro.

Il mittente è un certo Takahata Ichirō. Ha scritto in bella calligrafia sul bianco del biglietto stampato con il segno zodiacale dell'anno. Dalla sua scrittura elegante e dalla scelta delle parole, Ikuko pensa che si tratti di un uomo della sua stessa età o poco più grande. Il che fa ipotizzare che l'altra Kashima Ikuko sia più o meno sua coetanea. Rimi potrebbe essere il nome della figlia e il tono della lettera suggerisce che il mittente, questo Takahata Ichirō, è relativamente intimo con lei. Che cosa significa però quel «niente di nuovo» riferito alla moglie? Ikuko dovrebbe imbucare nuovamente il biglietto in una cassetta delle lettere, visto che le è arrivato per errore, e non lasciarsi andare all'immaginazione dei dettagli sulle persone citate. Alla fine ha rimandato al giorno dopo, poi al giorno dopo ancora, e una cosa tira l'altra e non l'ha ancora rispedito. E i primi giorni dell'anno sono già passati.

Kōko e Matsuko stanno bisticciando su una ricetta: seppia o ricciola?

Ikuko si è imposta la regola di non intromettersi mai tra di loro, ma il negozio aprirà a breve, quindi avranno molto da fare e non è certo il momento di stare a discutere. Pertanto si avvicina e dichiara: «Seppie, naturalmente!».

«Ah! Hai visto!» esclama Kōko trionfante, mentre Matsuko guarda Ikuko di traverso, spingendola a darsi da fare per salvaguardare l'orgoglio di tutti: «Anche la ricciola è buona, ma le seppie venderanno meglio, credo. Se è per i giovani, dato che è probabile che il piatto non significhi nulla per loro, tanto vale puntare sulla quantità». Il dibattito sulla ricciola o sulla seppia verte anche su quale sia la parte migliore, la polpa della prima o i tentacoli della seconda, da aggiungere alle patate dolci e ai cipollotti saltati in padella.

«Anche la ricciola è decisamente gustosa, con il grasso del pesce che insaporisce le patate», dice Kōko, con aria incantata.

"Sono buone entrambe. Le polemiche culinarie della mattina tra queste due sono l'equivalente dello stretching prima di una gara di atleti: servono a riscaldarsi prima dello slancio finale", riflette Ikuko.

«In effetti, nel primo libro di cucina che ho comprato, c'era una ricetta di patate dolci e polpa di ricciola», aggiunge Kōko.

«Ah, ma io conosco quel libro!» esclama allegramente Ikuko. «È il libro di ricette della K. Publishing, vero? Ce l'ho anch'io. Non l'ho comprato, me l'ha regalato mia madre quando mi sono sposata e faceva parte del mio "corredo". Posso quasi dire che tutto quello che so sulla cucina viene da lì.»

«E lo stesso vale per me. L'ho comprato quando mi sono sposata. I piatti essenziali che una giovane moglie deve conoscere... *Guahahah!*» ribatte Kōko, trascinando nella risata anche Ikuko, che tutta eccitata osserva furtivamente Matsuko, la quale conclude con: «Guardate che ce l'ho anch'io quel libro», pronunciato a labbra strette.

Kokoya è rimasto aperto fino al 30 dicembre, per poi ricominciare il 5 gennaio del nuovo anno.

Neanche una settimana di vacanza, ma questo non ha impedito a Ikuko di averne a noia. Senza dubbio è stato lo stesso per Kōko e Matsuko, pensa.

Si aspettava una proposta per festeggiare insieme il Capodanno a casa di una di loro. Era pronta a proporlo lei stessa, ma per timidezza o perché non era sicura che potessero davvero divertirsi senza ricadere nel loro unico argomento di conversazione, aveva deciso di non farlo.

Come hanno trascorso il Capodanno le altre due? Nessuno ne ha parlato. Immaginare il Capodanno di Kōko è facile e difficile allo stesso tempo. Pensa che non sia andata a casa dell'ex marito, ma, conoscendola, non è da escludere. E Matsuko? Ha festeggiato con il suo *Tesoro*, come lo chiama Kōko? Dal momento che ha trascorso la Vigilia di Natale con lui, è probabile. Senonché, dall'espressione del suo viso o di quello di Kōko il giorno dopo, l'appuntamento romantico non sembrava aver funzionato. Be', non sa bene cosa sia accaduto o che tipo di persona sia *Tesoro*. Ascoltando di soppiatto gli scambi tra le altre due non è riuscita a decifrarlo.

E poi a Ikuko interessano poco i dettagli delle loro vite. Soprattutto se non sono a lieto fine. Ne ha abbastanza di storie che non sono andate bene e non ha bisogno di accumulare nuove prove sul fatto che le cose raramente vanno come si desidera.

«Ikuko, ho capito subito che sei stata una moglie modello», dice Matsuko all'improvviso. Questo la sorprende perché, anche senza conoscere i dettagli della sua vita privata, ha dato per scontato che le parole «matrimonio» e «moglie» siano da evitare nelle conversazioni con lei.

«Oh, al contrario! Sono stata una moglie pessima», risponde Ikuko.

«Perché? Sei una buona cuoca, femminile, e devi essere stata molto bella, ne sono certa... Quando eri giovane, intendo.» Matsuko pronuncia questa frase come una bambina che fa una domanda alla mamma.

Matsuko e Ikuko sono davanti alla vetrina. Poco prima di mezzogiorno, l'ora in cui si inizia a lavorare a pieno ritmo.

"Come si fa a rispondere a una domanda del genere?" si chiede Ikuko. Tralasciando la questione se era o meno bella da giovane, per quanto riguarda la cucina, la pulizia e la gestione della casa, non ha nulla da rimproverarsi e, inoltre, non aveva mai alzato la voce con suo marito; non litigavano quasi mai. Crede che i colleghi, gli amici e i conoscenti del marito la considerassero una «brava moglie». Ma probabilmente non lo era per Shunsuke. Anzi, ne è abbastanza sicura.

«Cosa ti prende, Matsuko, all'improvviso?» dice, ridendo per distogliere l'attenzione.

Matsuko le risponde malvolentieri con una risatina imbarazzata, che rassicura Ikuko.

Il primo cliente della giornata arriva appena in tempo: un impiegato del posto.

«Il *bentō* del giorno, grazie.»

«Come contorno cosa gradisce?» chiede Ikuko, mettendo il riso caldo e l'hamburger di maiale impanato, il *menchikat-*

su, nei rispettivi scomparti della scatola di plastica. Il *bentō* del giorno si serve solo all'ora di pranzo. Un piatto principale, che cambia ogni giorno, accompagnato da riso bianco, naturalmente, più una pietanza a scelta tra quelle esposte.

«Patate dolci con tentacoli di seppia.»

Ikuko e Matsuko si sorridono. È bello quando un piatto che si serve per la prima volta riscuote successo. Ikuko è entusiasta, così come le due colleghe più esperte.

«Di che si occupava tuo marito?» Non appena il cliente si è allontanato, Matsuko torna sull'argomento.

Ikuko, di nuovo sorpresa, risponde: «Lavorava in una libreria di una grande catena. Amava i libri ed era felice di stare tra gli scaffali. Ma quando l'hanno messo in ufficio, non ha retto».

«Be'...» Matsuko annuisce, più o meno interessata. «Ti manca? Sei triste?» le chiede dopo aver servito il secondo cliente.

"Ah, ecco cosa voleva veramente chiedermi", pensa Ikuko. «Sì, molto.» È una risposta un po' secca, ma è la verità.

«Questo è il problema degli esseri viventi. Muoiono», risponde Matsuko con esagerata serietà, strappando una risatina a Ikuko.

«È quello che diceva sempre mia madre. Avevamo un cane, avevamo anche diversi gatti, che alla fine morivano prima di noi. Se devi essere triste ogni volta, è meglio non averne, no? Ma poi continuava ad accogliere i trovatelli», aggiunge Matsuko per correggere il tiro.

Ikuko annuisce con un'aria più seria, questa volta.

«Chi se ne va per primo vince, questo è certo.» Matsuko pensa per un attimo, prima di concludere: «Ecco perché è meglio non allevare esseri viventi, no?».

Arrivano tre, quattro clienti e si lavora a pieno ritmo.

I cinque biglietti di Capodanno sono allineati sul davanzale della finestra con la vista sul parco. Così, quando la sera beve la sua birra, li ha davanti agli occhi. Come dice il proverbio, *Anche un albero morto aggiunge vita al paesaggio,* perciò anche i biglietti d'auguri sbagliati sono meglio di niente, anche se non è bello verso il mittente e il destinatario. Le cartoline prestampate hanno un testo standard, che recita più o meno: *Auguri per il nuovo anno. I nostri più sentiti ringraziamenti per il sostegno ricevuto e per l'anno nuovo contiamo ancora sul vostro aiuto e sulla vostra gentilezza.*

"È quasi comico. Il mio sostegno per cosa? E di quale gentilezza stanno parlando?" Ikuko fa una risata soffocata a una figura immaginaria situata oltre i biglietti, dietro il vetro. Difficilmente riceverà altri auguri di Capodanno, dopo il lutto, anche perché non ha comunicato il nuovo indirizzo quasi a nessuno, e le cartoline che di solito riceve sono indirizzate al marito e solo di conseguenza a lei.

Ma non è triste per questo. Un biglietto d'auguri è solo un pezzo di carta: è da ingenui incupirsi solo perché non se ne ricevono molti.

È triste per il fatto che nel nuovo anno non avrà la possibilità di fare i timbri con le patate dolci incise per i suoi biglietti d'auguri personalizzati.

Ikuko si lascia sfuggire un'altra piccola risata. Timbri di patate... È davvero così appassionata del suo rituale annuale: fare biglietti d'auguri originali bollandoli con le patate? È un'abitudine buffa. Da sposata, non aveva mai trascurato di creare timbri originali a mano per i suoi biglietti d'auguri. Ah, sì, solo una volta: l'anno in cui era morto il figlio. Per questo il lutto recente le ha risvegliato quel pensiero. Instillandole l'infelice sensazione che non averli fatti quest'anno sia solo l'inizio della fine di questo piacevole rituale. Quando si perde qualcosa nella vita è sempre triste, forse ancora di più se è un elemento in apparenza irrilevante.

Il neon sfarfalla. Dà problemi da qualche giorno. Ha provato a cambiarlo, ma era troppo difficile, non è riuscita a togliere il tubo vecchio per sostituirlo e alla fine ha rinunciato. Ikuko va in camera da letto, con la terza lattina di birra in mano. Sul secondo ripiano della libreria dal basso, accanto alle foto del marito e del figlio e ai loro bicchieri, c'è ora un piccolo bonsai. Be', *bonsai* è una parola grossa. Si tratta di una di quelle cose che vendono oggi con il nome di bonsai: una piccola pianta di nandina domestica in una tazza da *café-au-lait* beige chiaro. Quest'anno non può offrire *mochi* dolci di riso o decorazioni tradizionali, perché è in lutto, ma vuole comunque segnare l'occasione, celebrare in qualche modo il nuovo anno, e per questo ha comprato il bonsai visto nella vetrina del fioraio non lontano da Kokoya. Solo che stavolta non c'era Shunsuke a prendersi gioco dei suoi gusti da bambina.

Come al solito, riempie entrambi i bicchieri di birra.

«Brindiamo ai timbri!» prova a dire. Forse perché l'alcool non ha ancora fatto effetto, l'eco della sua voce non le pare così allegro.

Era sempre il marito a ricordarle del momento delle patate-timbro. «È quasi ora, vero?» diceva Shunsuke, non appena superavano la metà di dicembre. Per fare in modo che le cartoline potessero essere consegnate entro il primo di gennaio, era lui a stabilire la data di produzione dei biglietti.

Il bello dei timbri di patate è che anche se non si è bravi a disegnare, o nei lavori manuali, è facile ottenere matrici per un risultato accattivante, o perlomeno di buon gusto. Si comprano patate dolci in quantità, si tagliano nei punti giusti e a seconda della forma si incidono a piacere. È molto divertente pensare al motivo da disegnare, scelto tra gli animali dello zodiaco cinese dell'anno successivo – il più classico – o fiori stagionali o piante benauguranti, come pruni o aghi di pino. Oppure caratteri cinesi, parole di buon auspicio per un felice anno nuovo e un buon inizio di primavera. Poi si inchiostrano le patate intagliate con due o tre colori di acquarello e le si premono con forza sulla superficie candida dei bigliettini e si lasciano asciugare sul tavolo.

Una volta asciutte, Shunsuke le raccoglieva e riponeva, «...perché le persone aspettano le nostre cartoline ogni anno». Non era un gran chiacchierone, quell'uomo, ma di tanto in tanto pronunciava frasi così.

"Ogni anno decoravo i biglietti timbrandoli con le patate, e lui poi si occupava di spedirli. Eppure non credo si sia mai accorto del fatto che lo odiassi", pensa Ikuko.

Tira fuori dal cassetto il netta-orecchie di metallo, fa tintinnare i due bicchieri e canta la canzone della patata-timbro. Senza eccessivo entusiasmo. Apre la quarta lattina.

"Domani chiederò un appuntamento a Susumu", pensa.

«Okay, nessun problema», acconsente Susumu senza battere ciglio.

«Allora a domani alle undici, tutto chiaro!»

Nessuno ha interferito nella conversazione, ma non appena si gira dopo aver accompagnato il ragazzo alla porta, si trova faccia a faccia con gli sguardi assassini di Kōko e Matsuko. Un po' esitante, Ikuko dice: «Be', non è colpa mia se non ho nessun altro a cui chiedere...».

«Se mi avessi chiesto di cambiare un tubo fluorescente, avrei potuto farlo io!» ribatte Kōko.

«Fidati, è impossibile. È completamente bloccato. Per non parlare del fatto che sei più bassa di me, non ci arriveresti.»

«E il proprietario di Arashi? O il venditore di *tōfu*? Gli uomini qui non mancano...»

«Be', se devo chiedere a un uomo che conosco, perché non a Susumu-kun?»

Matsuko scambia uno sguardo con Kōko. «L'hai sentita? Susumu-kun, che sdolcinata...»

«E se non lo chiamo Susumu-kun, come vuoi che lo chiami?»

«Susumu-chan, per esempio», risponde Kōko.

«O il fattorino del riso», le fa eco Matsuko.

«Perché non Susumu-kun?» risponde Ikuko, inaspettatamente divertita da quegli scambi al vetriolo.

Le patate dolci saltate con tentacoli di seppia sono un grande successo. Soprattutto tra i clienti più anziani, come era prevedibile.

«Era da tanto tempo che non ne mangiavo!» è la reazione più frequente. Un signore è tornato una seconda volta a comprarne: «Spesso non ci si pensa ma, preparate in questo modo, le patate dolci sono un pasto vero e proprio!».

Per questo motivo ultimamente il piatto è spesso presente nel menu quotidiano.

Ma oggi il piatto più popolare sono gli involtini di cavolo cinese. Maiale e pollo tritati arrotolati in una foglia di cavolo, il tutto cotto a fuoco lento in un brodetto cremoso. Anche l'*oden*, protagonista del menu autunnale, continua ad andare forte.

Kōko non perde occasione per dire che i suoi *ganmodoki* hanno a che fare con il successo dell'*oden*. Secondo Ikuko ci deve essere un altro motivo per cui Kōko continua a preparare le sue polpette di *tōfu*, giorno dopo giorno. Non saprebbe proprio dirlo, e tantomeno le interessa scoprirlo. Le ragioni dietro le abitudini aumentano con l'età, forse questo è l'unico motivo.

Poco dopo mezzogiorno, Ikuko è in piedi dietro l'espositore di vetro con la linea del pomeriggio: patate novelle in padella e salsicce tagliate al coltello con aglio, insalata di *mizuna* e seppie, nervetti di manzo e *daikon* stufati, ostriche impanate, riso saltato con cime di *daikon*.

Matsuko la raggiunge.

«Ikuko, sei una che non perde tempo, eh?»

Non ci sono clienti e Ikuko, ingenua, ha pensato che Matsuko si fosse avvicinata per caso.

«Be', diciamo che alla nostra età non siamo sicure di vivere ancora a lungo, quindi non c'è spazio per esitare», risponde Ikuko.

«Dici cose davvero orribili!» ribatte Matsuko mentre finge di sistemare il cestino contenente i biglietti da visita del negozio sull'espositore. «Generalmente, una donna che ha perso il suo amato marito da neanche un anno dovrebbe essere un po' meno intraprendente, credo.»

«Vuoi attaccare briga?»

«Avevo capito che eri triste...»

«Proprio per questo mi do da fare.»

«Non vedo alcuna coerenza tra ciò che fai e ciò che dici, non sei un bell'esempio.»

«Davvero? Perché intendevi prendere spunto da me?»

«Ormai non lo farò più!»

Ikuko inizia a ridere e grida a Matsuko che, intanto, si sta ritirando in cucina: «A proposito, tu, Matsuko-san, abiti nel quartiere D, vero?».

«Sì, vero, ma non ho capito quell'*a proposito...*» risponde Matsuko, voltandosi con aria accigliata.

È stato un semplice botta e risposta ma, ripensandoci, Ikuko vi ha trovato più verità di quanto immaginasse.

«Wow, che profumo!» Susumu è arrivato a casa di Ikuko puntualissimo e queste sono le sue prime parole.

«Sto preparando una zuppa», annuncia Ikuko con un grande sorriso. «Vuoi assaggiarla prima di metterti al lavoro?»

«Ah, no, no. Mi metto subito all'opera», declina Susumu agitando le mani. «Con permesso», aggiunge poi candido. È il minimo che si possa dire quando si entra nell'appartamento di una donna che vive da sola, ma Ikuko avrebbe gradito un po' meno riserbo.

«Ah, ecco... capisco, capisco...» Il ragazzo guarda il neon sul soffitto della cucina. A dire il vero, Ikuko si tiene a distanza sedendosi sulla sedia di fronte alla finestra per osservarlo al lavoro. Susumu è abbastanza alto da non aver bisogno di uno sgabello per raggiungere gli attacchi del tubo. «Maah», dice al primo tentativo. Annuisce in silenzio, cambia angolazione e tenta una seconda volta di sganciare il tubo che Ikuko aveva provato ad allentare invano con grandi sforzi.

«Ah, su un uomo si può sempre fare affidamento», mormora lei senza pensare, porgendogli il nuovo tubo da attaccare.

«Hai una figlia femmina?» chiede Susumu.

Ikuko rimane per un attimo senza parole prima di rispondere: «No, ho un maschio. Vive lontano».

«Oh, capisco», annuisce lui. Ma lo scambio sembra essergli completamente sfuggito di mente alla fine della riparazione.

«Vuoi pranzare prima di andare? Non c'è molto, zuppa e pasta...»

«No, no, grazie. L'odore è più che sufficiente per me», dice Susumu con un grande sorriso. «Ho solo sostituito un neon, niente di che. E poi ora devo andare in un posto.»

«Allora non insisto», dice lei, considerando che sarebbe impossibile di fronte a tali argomentazioni.

Ikuko lo congeda con riluttante freddezza, mentre un Susumu allegro la saluta con la mano.

«Bene, ci vediamo al negozio!» dice dileguandosi veloce come il vento.

Ikuko spegne il gas, scola i pezzi di patata e di rapa troppo cotti dal brodo di pollo, li pesta nel mortaio e li passa al setaccio con movimenti sgraziati. Era sicura che Susumu avrebbe accettato di pranzare con lei. Avrebbe preparato il suo purè di patate in modo più elegante mentre chiacchierava con lui. Si era fatta in testa questo film e lo trovava bellissimo. Ma è risaputo che le cose nella vita non vanno mai come si pensa. La pasta al sugo, l'ha preparata, ma se deve mangiarla da sola... Le è passato l'appetito. Alla fine si accontenta della zuppa, solo che a metà ha l'impressione che non le basti, così abbrustolisce un *mochi* avanzato dal Capodanno e lo mangia malinconicamente. Al suo posto, Matsuko avrebbe emesso il suo famoso *puah*! E Kōko, con la sua energia e il suo istinto, forse sarebbe riuscita a trattenere Susumu.

«E così sono stata scartata», mormora. E, a dire la verità, è sorpresa di sentirsi tanto ferita.

Ma la sensazione comincia a piacerle, come una caramella da gustare a lungo. "Non è male", dice a sé stessa. Non solo le caramelle, dunque, ma in generale è bello avere qualcosa da assaporare. Rivede Susumu mentre lavora. Le sue braccia piene di forza e sicurezza, la serietà quasi comica dei suoi occhi finché non è tutto finito, e il suo sguardo stupidamente soddisfatto. Lo stesso sguardo dei bambini quando catturano farfalle o costruiscono modellini.

Suo marito Shunsuke sapeva sostituire un neon. Era abbastanza alto e aveva un'ottima manualità. Aveva montato scaffali e dipinto le pareti. E la volta che aveva perso le chiavi e si era trovato chiuso fuori, era salito al piano di sopra per entrare dalla finestra. Ha molte altre storie da raccontare su di lui quando era giovane. Ma con l'avanzare dell'età, a poco a poco, era diventato incapace di fare certe cose. E così anche lei. È inevitabile, e lei lo sa bene, ma si era permessa di rimproverarlo, con cattiveria e più di una volta. Proprio mentre Shunsuke stava per chiamare un professionista per risolvere un problema, lei gli aveva detto alle spalle: «All'età che avrebbe oggi, se fosse ancora vivo, nostro figlio l'avrebbe sistemato...».

Ikuko chiude in fretta il coperchio della sua memoria. Perché l'espressione di Shunsuke dopo quella frase non è qualcosa che vuole riassaporare.

Ha sognato di passare la domenica con Susumu e ora si trova senza nulla da fare. Così pensa di portare il biglietto di auguri per il nuovo anno al suo destinatario. Non le va di lasciarlo in una cassetta delle lettere per farlo riconsegnare; darlo di persona le sembra la soluzione più consona. Inoltre, vuole vedere la casa di questa Kashima Ikuko.

Indossa il suo piumino lungo leggero e si mette in cammino, cartina alla mano, sotto un sole uggioso d'inverno. Non è molto brava a leggere le mappe. Determina approssimativamente la direzione da prendere, poi sceglie la strada in base all'ispirazione del momento. A dire il vero, l'esistenza di questa Kashima Ikuko è come uno scherzo, per lei; difatti, si è messa in movimento senza credere davvero che possa esistere davvero una casa con un'altra donna chiamata Kashima Ikuko. Ma poiché si trova nel quartiere in cui vive Matsuko, può sempre andare a trovarla e, se Matsuko è in casa, possono entrambe andare a fare una sorpresa a Kōko, o addirittura improvvisare una piccola festa di Capodanno, in ritardo.

Diciamo che è una scusa per uscire di casa e fare ciò che sta facendo. Girato un angolo, si imbatte in un cancello con la scritta KASHIMA. Una grande, vecchia casa. Sembra un edificio occidentale, con mattoni rossi e piante probabilmente tropicali, troppo cresciute, di ottima qualità e di un verde intenso. Invece di lasciare il biglietto di auguri per il nuovo anno nella cassetta delle lettere, Ikuko preme il campanello. Non che voglia incontrare la sua omonima, non ha un carattere così spudorato. Ma è incuriosita dai vecchi mobili e dalle casse di vestiti accatastati nell'ampio spazio tra il cancello e la porta d'ingresso, come in attesa di essere smaltiti.

«Sì?» risponde la voce al citofono. Una voce di donna. Una piccola telecamera si trova sopra l'altoparlante, il che significa che Ikuko può essere vista dall'interno.

«Ehm... è per un biglietto di auguri.»

«Scusi?» Il tono è molto cortese, ma la chiamata si interrompe bruscamente.

Un attimo dopo, la porta d'ingresso si apre e appare una

giovane donna esile, sulla trentina. Indossa un maglione nero a collo alto e pantaloni di tuta rosa fluorescente.

«Sì, chi è?» La testa inclinata da un lato, il tono educato.

"Rimi, senza dubbio", pensa Ikuko. «Ho un biglietto di auguri per il nuovo anno indirizzato alla signora Kashima Ikuko...» balbetta, con una voce così flebile che probabilmente la giovane donna non ha sentito nulla.

«È qui per l'incenso?»

«Come?» chiede Ikuko con un'espressione che spinge la giovane a spiegare.

«Mia madre è morta lo scorso autunno. Lei è una delle sue amiche di disegno?»

«Ehm... Sì», annuisce vaga Ikuko.

«Mi dispiace, signora, non sono riuscita a identificare tutti i contatti e le conoscenze di mia madre, e molte persone ancora non lo sanno. E siccome è stato un infarto, è morta all'improvviso e quasi sul colpo, senza soffrire troppo.»

«Ah... Ecco.» Ikuko continua a tastare il biglietto di auguri nascosto nella tasca del piumino, ma non lo tira fuori.

Declina l'offerta di bruciare un bastoncino d'incenso davanti all'altare domestico e quasi corre via. Non è riuscita a farsi ascoltare quando ha parlato del biglietto di auguri per il nuovo anno, e alla fine è stato meglio così. L'altra deve aver pensato che fosse una visita di cortesia per fare gli auguri.

Arrivata a casa, Ikuko tira fuori il biglietto. Ci ha giocherellato, tenendolo in tasca, ed è un po' stropicciato. Lo posa sul tavolo e lo guarda per un momento. Ricorda ancora il testo. Ma ora che sa che la Kashima Ikuko del distretto vicino non è più viva, la natura del testo è cambiata.

Si alza quasi meccanicamente. Va in cucina e prende le patate dolci dal cesto nell'angolo. Le ha comprate alla fine dell'anno. Sono buone, non sono ancora appassite, perfette per i timbri. Ci lavora per un'ora. Un usignolo su un ramo di pruno. Prende dall'armadio la scatola di cartone dove sono conservati i tubetti di tempera e prepara i colori. Naturalmente aveva comprato le patate dolci con l'idea di farci le matrici, ma non si era spinta fino a comprare i cartoncini bianchi. Ne fa uno con della carta comune, su cui scrive anche un testo con la penna stilografica che non usa da tempo.

Auguri per il nuovo anno.
Mi dispiace di inviarti questo biglietto in ritardo.
Tutto normale come sempre anche per me.
Rimi è davvero una bella ragazza.
Prenditi cura delle tue gambe.
Per quanto riguarda la tua promessa, ti aspetterò sempre.

Sul fronte, scrive il nome e l'indirizzo di Takahata Ichirō. E per il mittente, naturalmente, Kashima Ikuko. Non ha modo di sapere come scrivesse l'altra Kashima Ikuko, ma Shunsuke le diceva spesso che la sua calligrafia era bella e ariosa: è così che scrive. Quando il suo biglietto d'auguri è finito e abbastanza ben fatto, Ikuko sente il piacere di aver realizzato un lavoro a regola d'arte.

Eppure c'è ancora un'ultima cosa da fare. Dopo aver creato i timbri, il resto delle patate dolci veniva sempre utilizzato per il pasto serale. Era un rituale.

Ikuko si rimette il piumino ed esce a fare la spesa. Prima guarda la pescheria nella galleria commerciale, poi si dirige verso il supermercato. Se oggi avessero polpa di ricciola, sarebbe una fortuna, ma in caso contrario prenderebbe delle seppie. Ah, anche l'erba cipollina. E se non avessero niente di buono, solo un po' di pesce fritto andrebbe bene.

"Shunsuke preferiva le patate dolci con le seppie. Io preferisco la ricciola. In realtà, non è così", ci ripensa in corsa. "Mi piacciono entrambe."

Non ha portato con sé il biglietto d'auguri che ha appena decorato per imbucarlo, ma non si tratta di una dimenticanza. Non può proprio farlo.

Quanto prima, riporterà all'ufficio postale il biglietto

d'auguri inviato dal signor Takahata Ichirō alla signora Kashima Ikuko, perché venga riconsegnato. Ma domani, e per i giorni successivi, sul davanzale della finestra che si affaccia sul parco, il biglietto scritto da lei e timbrato con le patate starà insieme agli altri.

Punto.

5.

VONGOLE FRITTE

"Primavera è sinonimo di molluschi."

Questo è ciò che Kōko si dice mentre ammira delle belle vongole carnose che respirano tranquille in una ciotola piena d'acqua. Le ha messe all'ombra appena tornata dalla spesa, per farle spurgare dalla sabbia. E le vongole, va da sé, vanno fritte. Non appena aveva visto queste meraviglie dal suo pescivendolo, aveva pensato a questo.

Le vongole si possono preparare in tanti modi: marinate o al vapore con *sake*, farne un sugo in bianco o cuocerle direttamente con il riso. Ma quando se ne trovano di queste dimensioni, si devono impanare e friggere, non si discute.

Le vongole fritte richiedono un po' di lavoro. Se non altro perché devono essere sgusciate. Si inserisce un coltello a lama corta nell'interstizio della vongola semiaperta e si ruota il guscio fino a tagliare il muscolo adduttore. L'operazione può risultare molto semplice, oppure può non esserlo affatto (attenzione alle dita!). Anche le vongole hanno il loro carattere. Ci sono quelle arrendevoli e quelle combattenti. Kōko ha un grande rispetto per tutte, qualunque sia il loro atteggiamento. Perché sono troppo buone.

Poi si mettono i molluschi a scolare su un tovagliolo di carta, si infilano a due a due su uno spiedino e si girano nel pangrattato. È molto più facile che friggerli uno per uno e meno calorico (o almeno così ha deciso lei). Kōko ha preparato sette spiedini. Prima di passare alla frittura vera e propria, ha apparecchiato la tavola nei minimi dettagli: l'insalata di cavolo di stagione, le strisce di *daikon* essiccato in due ciotole, la carne di maiale salata, cotta nel pomeriggio, tagliata a pezzetti e disposta armoniosamente su un piatto, con il suo pizzico di senape *karashi.* Tira fuori la birra dal frigorifero, prepara le fette di limone. Non resta che servire le vongole. Perché se c'è una pietanza che non può aspettare quando è calda, sono le vongole fritte.

Un sorso di birra, naturalmente, e poi una vongola fumante. La prima, così, senza niente.

"Oh oh oh, quanto scotta!"

La seconda, con una spruzzata di limone.

La salsa non arriverà che al terzo spiedino, come prestabilito.

"Primavera è sinonimo di molluschi."

All'inizio di marzo le notti sono ancora fresche, ma l'aria è già carica di un'umidità tiepida che preannuncia la primavera. E l'aria primaverile si adatta così bene al sapore dei molluschi! Anche Shiroyama lo diceva spesso.

Kōko mette in bocca un'altra vongola.

"Oh, sì, presto sarà il momento di mangiarle con la salsa." Stava per dimenticarsene, così versa una goccia, una sola goccia, di salsa Worcester sulla vongola rimasta sullo stuzzicadenti. Rimane a fissare la salsa color volpe che si sparge sulla panatura rossastra.

Anche quel giorno stava mangiando vongole panate e fritte. Il giorno in cui Shiroyama l'aveva lasciata.

«Kōko, mi dispiace», aveva esordito lui con tono deciso, «non posso più stare senza Megumi.»

Kōko aveva continuato a mangiare le sue vongole fritte. Tra l'altro, erano deliziose. Ma quella bontà non aveva impedito a Shiroyama di continuare il suo discorso di addio.

«Megumi-chan? Aspetta, aspetta, di cosa stai parlando?» aveva risposto lei, ridendo con tutta la finta ingenuità di cui era capace. Mentre, nella sua testa, pensava: "Ci siamo. No, non è questo, non può essere..." si era detta, e invece alla fine era successo.

«Ma non è un motivo per separarsi!» aveva continuato, visto che Shiroyama non diceva nulla. «Visto che comunque lavoro con Megumi-chan, se vuoi vederla puoi sempre venire al negozio.» Ma mentre parlava, si era resa conto che per la prima volta davanti a lei lui l'aveva chiamata Megumi. Solo Megumi.

«Kōko, mi dispiace.» L'aveva detto di nuovo con le lacrime nella voce, la fronte bassa.

«Che diavolo stai facendo? Smettila!» aveva detto Kōko, sempre ridendo. «Non ti metterai mica a piangere, vero? Sto forse piangendo, io? Perché se Haku stesse piangendo, allora tutto sarebbe vero.»

Quel ricordo a cui non voleva più pensare le è tornato in mente. Continua a mangiare le sue vongole fritte anche oggi. Come quel giorno: cos'altro poteva fare?

Come già ricordato, il motto di Kōko è *Attacca!*

Così la mattina dopo decide di comprare gli ingredienti e inserire nel menu il piatto. Matsuko e Ikuko sono entusiaste dell'idea e, tutte e tre concordi sul fatto che vanno mangiate calde, anzi esclusivamente calde, avviano i preparativi per la panatura, allo scopo di friggerle solo al momento dell'ordine. Ikuko scrive a pennarello il cartello OGGI VONGOLE FRITTE! e lo affigge alla vetrina. Poiché le vongole vengono preparate su ordinazione e al momento, l'ora di punta è particolarmente tesa e non è chiaro se il profitto generato sia proporzionale al tempo impiegato. Ma a parte questo, la giornata si rivela molto divertente, alcuni clienti chiedono la salsa per mangiarle appena fatte sul posto, in piedi in mezzo alla strada. Anche loro tre ne mangiano durante il lavoro. Kōko è al settimo cielo, piena di entusiasmo.

«Ho deciso di fare una festa per l'undicesimo anniversario del negozio!»

«Dici sul serio?» chiede Matsuko di fianco a lei al bancone di Arashi.

«E perché non dovremmo? L'anno scorso, per il decimo anniversario, eravamo solo noi due, no? Voglio rifarmi!»

«Oh, grazie mille, non è un grande complimento per me...» Matsuko risponde a mezza voce, il che non è proprio da lei. «Non dirmi che hai davvero intenzione di invitare Shiroyama-san e Megumi-san?»

«Perché la chiami formalmente, Megumi-san e non confidenzialmente Megumi-chan?»

«Be', io l'ho sempre chiamata Megumi-san, di cosa stai parlando?» risponde Matsuko con un sospiro.

"Matsuko si sta comportando da adulta seria, stasera", pensa Kōko. Forse perché per una volta è lei a recitare la parte della bambina frivola.

Stasera l'atmosfera del bar è particolarmente serena. Due clienti abituali sono seduti all'altro capo del bancone, immersi nel loro mondo, di spalle.

"Sembra che l'atteggiamento di Matsuko si ripercuota su tutti", pensa Kōko. E per riprendere il controllo della situazione, chiama il proprietario a tutta voce: «Nobiru! Un bicchiere di vino, per favore!».

«Rosso o bianco?» chiede Nobiru, che si affretta a sorridere.

«Prendo il bianco più costoso.»

«Arriva subito!»

Le viene servito un alto calice riempito fino all'orlo. Kōko sa che qui ci sono solo due tipi di vino: uno rosso e uno bianco. L'etichetta è SIGLO, un normalissimo vino spagnolo. Kōko lo sorseggia velocemente, come se fosse acqua.

«Che problema c'è? Megumi-chan ha tutto il diritto di venire se festeggiamo l'anniversario del negozio, no? Visto che è con lei che ho iniziato l'attività», dice Kōko.

Quanto a Matsuko, sta sorseggiando il suo *shōchū* diluito.

«Pensi che voglia venire?»

«Penso di sì.»

«Io non saprei che faccia fare.»

«La tua solita andrà benissimo.»

Il cliente all'altro capo del bancone scoppia a ridere quasi sputando, segno che stava ascoltando la loro conversazione. Kōko non se ne cura: i clienti hanno sempre ragione.

«Sai bene che se la inviti tu, non potrà rifiutare», dice Matsuko a bassa voce, senza ridere.

«Sai che quello che hai appena detto è molto profondo, vero?» risponde Kōko, fingendo di non capire il vero significato delle parole di Matsuko. Beve altri sorsi di vino, nonostante si senta un po' mancare il fiato. «Inviteremo anche il tuo *Tesoro*, naturalmente», aggiunge per cambiare argomento.

«Oh, puoi pure invitarlo, tanto non verrà», dice Matsuko, scolando il suo drink in un sorso. Ora è lei ad alzare il gomito. E tocca a Kōko sorseggiare piano il suo bicchiere di vino bianco.

Il grande successo delle vongole fritte si ripete anche oggi.

"Cosa c'è di meglio di un brutto ricordo trasformato in un successo commerciale?" pensa Kōko.

«Guardate! Bello, no?» Ikuko ha creato una confezione speciale per mangiare in piedi, utilizzando un foglio di giornale piegato a triangolo, e in inglese per rendere il tutto ancor più accattivante. «Non è mica carta di un vero giornale, è carta per alimenti. Va molto di moda, adesso.»

«Mi ricorda i *nikuten* di quando ero bambina: li vendevano porta a porta. Incartati in veri e propri fogli di giornale a forma di triangolo, proprio come questi. Li aprivi e ci trovavi *okinomiyaki* sottili.»

«Ah, sì, hai ragione! La salsa colava sul giornale, e una

volta finita la frittella salata la leccavi: che bontà insuperabile...»

«Ah, giusto, giusto...»

Kōko lascia Matsuko e Ikuko alla loro discussione davanti al bancone e si ritira in bagno, dove tira fuori il cellulare. In realtà, le è tornato in mente di invitare Shiroyama e Megumi alla festa per l'undicesimo anniversario del negozio, ma ha esitato a causa delle considerazioni di Matsuko. Non ha ancora telefonato, e alla fine potrebbe essere troppo tardi, con il rischio di dover annullare l'evento, e questo è fuori discussione, lo ha promesso a sé stessa. Per questo decide di chiamare Haku.

«Ah, sei tu», risponde Shiroyama. Sta sorridendo, si intuisce dal tono della voce. Quando vivevano insieme, era lui a farla ridere sempre, si ritrova a pensare Kōko.

«Hai vinto un invito!»

Con un tono sovraeccitato, inizia a spiegare i dettagli del suo programma di festeggiamenti.

«E devo assolutamente presentarti Ikuko, la nostra nuova recluta. Sei libero domenica prossima o quella dopo? Con Megumi-chan, naturalmente...»

Shiroyama ascolta senza dire una parola. E quando Kōko conclude, il silenzio si trascina per un po'.

«Kōko, mi dispiace...» risponde lui. «Domenica prossima, o la domenica successiva, non sarà possibile.»

«Davvero? Ma perché?»

«Be'... perché stiamo per fare un viaggio.»

«Ah, davvero?»

«Sì. Mi dispiace. Divertitevi con i vostri amici. Spero che la festa sia un grande successo.»

Kōko non si accorge subito che la telefonata è finita. Ma non perché uno dei due ha attaccato prima.

«Che peccato, ma certo, se avete programmato un viaggio... Ti chiamo quando torni, va bene?»

Deve aver detto così, poi Shiroyama ha sicuramente aspettato che lei dicesse «Bene, ci sentiamo...» e poi ha riagganciato. Ma non riesce a ricordare con precisione. L'unica cosa che le è rimasta in testa, e molto chiaramente, è la frase: «*Kōko, mi dispiace*».

Undicesimo anniversario: in altre parole, Kokoya è aperto da dieci anni. Un decennio. E ora inizia l'undicesimo anno di vita del locale. Più che di un lasso di tempo, ne ha un ricordo come di uno strano paesaggio, di una creatura folle, di un cibo con un sapore inconsueto. Undici anni fa, la madre di Kōko era morta. La casa di famiglia era stata venduta poiché suo padre era già morto prima, e a lei era toccata una certa somma di denaro. Questo era stato uno dei fattori primari nella sua decisione di fare il grande passo, anche se, naturalmente, l'incontro con Megumi era stato molto più importante. Per diversi anni, Shiroyama e Kōko avevano frequentato le serate di un'associazione di degustazione di *sake*. Lì avevano incontrato Megumi. Un piccolo gruppo di amici stretti aveva organizzato un incontro di degustazione quell'autunno, con alcune bottiglie di nuovo *sake* e stuzzichini di accompagnamento. Come in ogni incontro, Shiroyama si concentrava sulle bevande, mentre Kōko era più interessata al cibo. Lei e Megumi erano andate subito d'accordo. Megumi aveva dieci anni in meno di Kōko. Divorziata da poco. E senza figli. Cosa che avevano in comune. Megumi aveva detto che il fatto di non poter avere figli era stata la causa del suo divorzio. Per scherzo, Kōko aveva risposto che invece nel suo caso avrebbe divorziato se avessero avuto figli.

«Haku non saprebbe cosa fare se dovesse occuparsi di un altro bambino.» In realtà, Kōko desiderava tantissimo un figlio, e aveva rinunciato a causa di Shiroyama.

«Non hai bisogno di un figlio, hai me!» Così le diceva Shiroyama e lei gli aveva creduto.

Quando Megumi e Kōko avevano parlato di aprire insieme un negozio di piatti pronti, Shiroyama era stato subito d'accordo e aveva persino contribuito. Ma ogni giorno che passava diventava sempre più freddo nei confronti di Megumi. Il che, pensandoci ora, doveva essere un segno del fatto che si sentiva attratto da lei e cercava di reprimere i suoi sentimenti.

"Perché è così freddo con Megumi-chan? Perché cambia argomento non appena la nomino?" Quando aveva iniziato a porsi queste domande? Aveva cercato di contenere la sensazione sgradevole che provava e, quando non era più riuscita a soffocarla, aveva cercato di fingere di riuscirci. E anche quando la confessione di Shiroyama aveva reso vana quest'opera di negazione, la sua mente aveva continuato a ignorare la realtà, come una macchina impazzita. "Ma no, Haku non può abbandonarmi, non può essere. Non può essere."

E ancora oggi questa macchina rotta continua a muoversi.

L'appuntamento è fissato per le otto del mattino, davanti a Kokoya. All'arrivo dell'auto di Kōko sono già tutti lì. Matsuko indossa stivali di gomma, con i pantaloni infilati dentro. Ikuko è avvolta in una sciarpa floreale (cappello di paglia in mano). E poi Susumu come sempre in jeans, maglietta e giacca, ma senza il grembiule con la scritta KOTOBUKI RISI.

«Buongiorno! Forza, salite, salite, salite! Susumu, davanti, per favore!»

Sistemate le cose nel bagagliaio, salgono in macchina. Susumu si mette subito al posto del navigatore e Kōko avvia l'auto. Il sole comincia a splendere sulla giornata che si profila splendida.

«Non vi pare il tempo ideale per la pesca di molluschi con la bassa marea?» Non ottiene risposta. «Giusto?» insiste Kōko.

«Sì, sì... *Mmmh...*» Brontolii indistinti dal sedile posteriore.

Susumu si sforza di dire: «La pesca dei molluschi è una cosa di classe!» con un tono piuttosto scialbo.

«Oh, Susumu, sempre la parola giusta!» commenta Kōko

e ride di gusto. «*Di classe*, appunto. Non possiamo lasciar passare la primavera senza andare a pescare molluschi almeno una volta!»

Borbottii e lamentele varie si levano di nuovo dal sedile posteriore.

"Gente incapace di entusiasmarsi! Ma devo essere loro grata", dice Kōko tra sé e sé.

I tre hanno accettato l'invito nel loro unico giorno di riposo, nonostante il breve preavviso, e questo è positivo. E non ci sono state domande, ancora una volta, né si è più parlato della festa dell'undicesimo anniversario, ed anche questo è già qualcosa.

Kōko guida con calma. Bisogna dire che conosce il percorso a memoria. È la prima volta che va a pescare con la bassa marea, ma ha notato il cartello della pesca di molluschi molto tempo fa. Dunque sa e non sa. Per esempio, non si è interrogata sugli orari di apertura.

Tre ore dopo, la Mini Cooper arriva sulla spiaggia. Non c'è nessuno. Scendono, si sparpagliano chiedendosi cosa stiano facendo lì, e dopo un giro di perlustrazione si ritrovano tutti e quattro davanti alla macchina.

Susumu è il primo a dire, con voce sommessa: «Sembra che la pesca sia vietata al di fuori di giornate appositamente sorvegliate».

Poi Matsuko: «L'apertura è prevista per il 14 marzo di quest'anno».

«Non c'è ancora la bassa marea», dice Ikuko, a malapena udibile.

"Ah, sì, be'... si chiama pesca con la bassa marea perché senza è impossibile", commenta Kōko. «Ah, ma è vero! Non si possono prendere le vongole se non c'è la bassa marea, questo è certo. *Ahahahah.*» La sua risata si disperde netta sulla spiaggia.

«Be', possiamo sempre fare un picnic»: il suggerimento viene da Ikuko.

«In ogni caso, il tempo è bello», aggiunge Matsuko.

«E io comincio ad avere fame», conclude Susumu, solo per mettere d'accordo tutti.

Kōko si trova faccia a faccia con la verità, all'improvviso: "Mi hanno dedicato la loro domenica per pena?".

Il cielo azzurro pallido e l'aria calda si potrebbe quasi dire che profumino di vongole. D'altra parte, il sole è ancora debole e il brodo di maiale del thermos è ancora caldo al punto giusto. Tutti sono seduti sull'enorme telo di plastica che Susumu ha tirato fuori dallo zaino e ognuno apre il proprio *bentō*.

Il brodo di maiale è di Matsuko. Così come il pollo fritto *karaage* e gli *onigiri* ripieni di uova di merluzzo o salmone: il menu perfetto per un picnic.

Ikuko ha portato un'omelette con *dashi*, filetti di sgombro alla griglia con una salsa *teriyaki* e grandi *onigiri* avvolti in foglie di senape e spinaci, stile *mehari-zushi*.

Kōko, che non ha preparato nulla perché non ne aveva voglia, trova che questi menu eterogenei siano abbastanza rappresentativi del carattere di ognuna delle sue amiche. Questo dimostra che la cucina non mente mai: *Dimmi quello che cucini e ti dirò chi sei*.

Naturalmente, tutto è condiviso e tutti assaggiano tutto. Anche la carne secca all'americana e il *surimi* al vapore ripieno di formaggio di Susumu, comprati già pronti. Le tre donne si scambiano le loro impressioni gastronomiche durante il pasto, con Susumu che interviene al momento giusto, in un'atmosfera relativamente vivace. Poi, finito di mangiare, cala il silenzio. Kōko stende le gambe davanti a sé, come una bambina, e guarda il cielo. Si sono alzate sottili nuvole e il cielo ha assunto un colore vicino a quello della sabbia della spiaggia.

"Perché nessuno dice più niente?" si chiede. "Ah, sì, lo so. Stanno aspettando che dica qualcosa io."

Ci sono due strade aperte per lei e può prendere una o l'altra. Sa molto bene quale scegliere, è risoluta. Ma la molla che ha faticato tanto a stringere si sta allentando tra le sue dita. È colpa delle vongole. È venuta per una battuta di pesca di molluschi con la bassa marea, e non è successo niente. Le vongole: ecco il problema.

«Forza, andiamo! Saltate su! Salite, salite, salite! Susumu-kun, davanti, per favore!» L'energia di Kōko coglie tutti di sorpresa. Ma nessuno di loro nasconde il proprio sollievo alla notizia che questo altalenante picnic è ufficialmente finito. Si precipitano in macchina, riprendendo i posti di prima. Kōko preme un po' troppo sull'acceleratore.

Qualche minuto dopo, con una specie di sospiro, Susumu chiede: «Dove stiamo andando?».

«Torniamo a casa», risponde Kōko.

«Ma questa strada...»

«Sì, ho sbagliato! Faccio un'inversione a U!»

Kōko imbocca una strada privata: conosce questo sentiero che si snoda tra gli alberi. La casa in fondo è piccola, ma su un grande terreno. Kōko ferma l'auto. «Vado a chiedere. Aspettatemi qui.» Scende in fretta, prima che qualcuno possa farle qualche domanda, e si avvia con passo veloce e deciso lungo la passerella di legno. L'unica cosa che le impedisce di correre è che non vuole fare rumore. Nota subito l'auto. La Saab blu di Shiroyama. "Non c'è niente di strano. Lui non è qui per quindici giorni, perché è all'estero. Ha lasciato la macchina, il che è perfettamente normale." Solo che, mentre pensa questo, si accovaccia dietro la Saab. Non che non abbia capito fin dall'inizio. «*Vado a fare un viaggio*», le ha detto. E lei non gli ha chiesto dove, né quando sarebbe tornato. Lei aveva risposto solo: «Ah, davvero?» e la cosa era finita lì. E nonostante il fatto che una risposta del genere sia in netta contraddizione con tutto ciò che caratterizza la sua personalità, Shiroyama non ha aggiunto una sola parola.

"Be', ci sta", si dice quando riconosce la sagoma di Shiroyama che passa con nonchalance dietro la porta a vetri. "Mi pare che abbia in mano una tazza di caffè."

Shiroyama sorride mentre si avvicina a qualcuno, parla, dice qualcosa. Kōko si ritrae senza mostrare il viso, ancora accovacciata: non può rischiare che Shiroyama la scopra. Lui non saprà mai che lei è venuta qui e lo ha visto. Questo è ciò che dice a sé stessa mentre torna in punta di piedi all'auto, attraverso la macchia.

«Cosa sei andata a chiedere?» la incalza Susumu appena lei si mette al volante. La domanda è scontata.

«Abbiamo sbagliato strada.» Vorrebbe aggiungere *Ahahah!* ma non le esce. Si schiarisce la gola e fa inversione di marcia.

IL LOCALE È CHIUSO PER EVENTO PRIVATO.

Il cartello è stato scritto da Ikuko in seguito al seguente scambio: «È meglio mettere qualcosa, no?». «Credo di sì. Puoi scrivere qualcosa e attaccarlo alla porta, per favore?»

Annuncio o non annuncio, questo non aveva impedito agli habitué di Arashi di entrare senza la minima esitazione.

«Cosa significa "evento privato"?»

«Ah, una festa?»

«Oh, l'undicesimo anniversario di Kokoya.»

«Congratulazioni, allora!»

«Ecco, dammi una birra.»

La festa per l'undicesimo compleanno di Kokoya, anche se totalmente improvvisata, è stata ben accolta. Dato che Shiroyama non verrà, non c'è l'obbligo di tenerla di domenica. Così è stata organizzata il venerdì sera dopo l'orario di chiusura. Naturalmente Matsuko ha scrollato le spalle.

«In ogni caso, è solo un drink da Arashi...» Questo aveva dato a Ikuko l'opportunità di andare al bar per la prima volta, e anche Susumu è riuscito a trovare un momento per partecipare.

«Ehi, ehi, ehiii, allora, intanto facciamo un brindisi!» annuncia Nobiru con voce pacata ai clienti che sono entrati e hanno già iniziato a bere.

«Che vuol dire "intanto"?» domanda Kōko, porgendo il suo bicchiere al proprietario.

Lui, con opportuni gesti cerimoniali – perché ha un attestato di *draft master* – le versa da bere. «Ufficialmente, che giorno è?» chiede.

«Che giorno è cosa?»

«Be', l'anniversario dell'apertura del negozio!»

«Il 15 maggio.»

«A maggio?» dice Nobiru con l'esagerato stupore che Kōko conosce bene. «Ma è tra due mesi! Infatti mi ricordavo...»

«Allora qual è il problema? Possiamo farlo quando vogliamo, no? E non c'è bisogno di gridare così!»

«No, no, lungi da me l'idea di gridare.» Nobiru abbassa il volume.

Kōko alza il bicchiere sopra la testa e urla: «Per il nostro undicesimo anniversario: salute!». Poi va dietro il bancone, dove una montagna di vongole aspettano, già infilzate. Il fornello a gas in fondo, solitamente utilizzato per riscaldare gli spuntini senza pretese di Arashi, questa volta sostiene il grande wok di Kokoya pieno di olio bollente. È ora di iniziare a friggere le vongole.

«Lo faccio io», dice Ikuko.

«Ma no, ma no...» le risponde Kōko, spingendola via senza remore.

Anche Matsuko si fa avanti, prendendo un paio di spiedini appena usciti dall'olio bollente.

Susumu si trova circondato da diversi uomini di mezza età, le colonne portanti del bar, e fatica a seguire la conversazione.

Kōko si asciuga il sudore e continua a friggere. E frigge, frigge, frigge... Alla fine, spera, uscirà qualcosa da questo calderone.

6.
RISO CON PISELLI

Il matrimonio si era svolto in primavera. Dopo la cerimonia al santuario shintoista, il festeggiamento era proseguito in un ristorante tradizionale. Nella sala che si affaccia sul giardino. Al chiuso perché fuori faceva ancora freddo, ma dal vetro si vedeva che il ciliegio era al settanta per cento della fioritura. Il banchetto era stato perfetto: ospiti solo la famiglia di primo e secondo grado e pochi amici molto intimi. Uno zio ubriaco aveva iniziato subito a intonare canzoni militari e la moglie lo aveva sgridato. I bambini, che si annoiavano a morte e correvano per i corridoi, erano stati rimproverati dalla zia, che aveva deciso di aprire la veranda e mandarli fuori. Il vento era entrato impetuoso e una pioggia di petali di ciliegio aveva danzato sulla festa di nozze. Sul vassoio laccato di nero posto di fronte a ogni ospite c'era una straordinaria e sorprendente varietà di piatti primaverili. Una piccola orata grigliata con sale per ogni ospite. Per il *sashimi*, ancora orata, ma anche aguglia e crostacei. Un brodo chiaro con vongole *hamaguri* al vapore, germogli di bambù grigliati in foglia, con *miso* ai germogli. E riso con piselli, disposto a ventaglio. Esattamente il banchetto nuziale che Matsuko aveva sempre sognato.

"È come se qualcuno mi avesse infilato una mano nel cervello per catturare la visione rimasta in fondo alla mia mente per tutto quel tempo." Solo che la sposa non era lei. Al posto d'onore sedevano Kamijō Shun e la moglie appena sposata.

Matsuko apre la finestra accanto al gas per far uscire l'odore di frittura. Ci vuole un po' per riassaporare l'odore dell'aria esterna.

«Ehi, credo che dalla prossima settimana i ciliegi saranno in fiore per i picnic dello *hanami*!» dice, senza distogliere lo sguardo dalla finestra. Nessuna risposta. Matsuko chiude la finestra e si volta. «Ehi, oh! *O-hanami*!».

Kōko e Ikuko, dalle loro rispettive postazioni – Ikuko che prepara la marinata, Kōko che lava i porri – alzano la testa svogliatamente.

«Forse è ancora un po' freddo?» commenta Ikuko. «Non essere impaziente. Ricorda, i ciliegi fioriscono ogni anno.»

Matsuko cerca una risposta sprezzante, ma si accontenta di un pesante sospiro. Che cosa è successo a Kōko per renderla così riluttante a organizzare l'*hanami*? Anche Ikuko, se è per questo. Di solito è un po' più propositiva. Invece non è granché in forma, ultimamente. Cioè, dalla sera della festa dell'undicesimo anniversario.

"Kōko voleva disperatamente organizzare qualcosa (anche se mancavano ancora due mesi alla data esatta), ma non ha funzionato: non è mai bene forzare le cose." Questa è l'analisi di Matsuko. "E ovviamente ora sia Kōko che Ikuko se ne sono pentite. Il che non è necessariamente un male in sé, almeno per Kōko. Se quella donna imparasse a guardare alle azioni della sua vita e a correggersi, non sarebbe così sbagliato, credo. Ma comunque non è un motivo per minare il morale degli altri." Questo non può accettarlo.

Matsuko sposta i sugarelli che ha appena sfilettato e fritto sul piano di lavoro. "Anch'io sono un po' giù di morale ultimamente." «*Tin! Bong! Plaf!*» canticchia mentre allinea i filetti nella marinata.

Lì vicino, Ikuko, che sta sbucciando le cipolle, la guarda con diffidenza.

«Che ritmo! *Tin! Bong!* Perché "sgombro" si scrive con

un carattere che significa "pesce che ammette la sconfitta"?» Matsuko continua a canticchiare il suo *Tin! Bong! Plaf!* che ora accompagna anche con un passo di danza. È l'imitazione di Ikuko la sera della festa. Quella sera, Ikuko ha confessato di non essere astemia e ha cantato, con accompagnamento di batteria fatta con bacchette e bicchieri. Matsuko pensa che non ci sia niente di male a bere. E, quando si beve, a ubriacarsi. È quello che vorrebbe esprimere a Ikuko, ma è troppo cinica di natura per farlo serenamente.

«No, ho rinunciato all'alcool», risponde Ikuko con voce molto bassa.

«Ma perché? Che c'è di male? Non devi più fingere, ti abbiamo visto tutti alticcia!»

«A me non piace l'alcool.»

«Che bugiarda.»

Ikuko ha già le labbra aperte per rispondere, ma le richiude e con uno sbuffo continua a tagliare le cipolle.

"Perché non dice nulla? Se non risponde, è infastidita." Matsuko fa finta di non essersene accorta quando suona il campanello.

Le due si voltano e guardano Kōko, che chiude il rubinetto. L'acqua, che fino a quel momento scorreva ininterrottamente su una grande quantità di porri terrosi, smette facendo improvvisamente piombare la cucina nel silenzio. Kōko lancia una rapida occhiata a Matsuko e Ikuko, che si guardano intorno distogliendo l'attenzione da lei. Il campanello ha suonato, cosa a dir poco insolita. In linea di principio, i fattorini seguono, se non precedono, il loro squillo – a volte non suonano affatto – con un annuncio vocale del tipo: «È il *sake*!» oppure «Posta!». Invece ora il campanello suona una sola volta, senza voce: non può che essere Susumu di *Kotobuki risi* – un solo tocco di campanello, silenzio e attesa muta alla porta – per consegnare il riso come al solito, una volta alla settimana.

Kōko lancia un'altra occhiata a Matsuko e Ikuko, che fingono di fissare altrove come prima, poi risponde con voce molto congestionata qualcosa come: «*Seeììì!*». Si schiarisce rapidamente la gola e ripete: «*Sììì!*». Più chiaro, in effetti, ma un po' troppo acuto.

Senza alcun motivo, si slaccia il grembiule e lo lascia cadere senza preoccuparsi di raccoglierlo, prima di dirigersi verso la porta sul retro. Apre la porta. Matsuko e Ikuko allungano il collo per controllare che sia Susumu.

«Ah, sei tu, Susumu!» dice Kōko, ma non si sente la risposta. «Il riso. Già, il riso. Sei venuto a consegnare il riso, è vero... Grazie! Oh, grazie, grazie. È sempre molto pesante, quindi grazie per tutte le volte che ci porti il riso, ti sono molto grata...» La voce di Kōko si fa via via sempre più patetica.

Matsuko non resiste e si avvicina. Dà una gomitata a Kōko e si rivolge irritata a Susumu: «Che razza di atteggiamento è questo? Devi darti una regolata, ragazzo mio. Devi smetterla di tenere il broncio, sei un uomo o no?».

«Ma io non tengo il broncio», risponde Susumu a denti stretti, imbronciato.

«Ma certo, dai, Matsuko, non devi gridare così. Susumu non è affatto imbronciato. Susumu è un bravo ragazzo!» Kōko cerca di difenderlo.

Il fattorino di *Kotobuki risi* esclama bruscamente: «Con i complimenti della casa!» e si defila all'istante.

Tutto questo perché Kōko aveva bevuto troppo. Questa è la causa immediata; ma, scavando un po' più a fondo, c'è sicuramente un'altra ragione oltre all'alcool.

"Tuttavia a quando e a cosa risalgono le ragioni dietro le nostre azioni? Dal momento in cui veniamo al mondo, la vita stessa è un intreccio di ragioni interconnesse?" si chiede Matsuko, meditabonda.

In ogni caso, quel giorno Kōko aveva bevuto molto. Quasi alla stessa velocità di Ikuko, ma in misura maggiore. Era la prima volta che Matsuko vedeva Kōko ubriaca. Probabilmente perché, quando bevevano insieme, era sempre lei a ubriacarsi per prima.

Forse Kōko regge bene l'alcool, ma di sicuro conosce una tecnica per bere senza ubriacarsi. Perché anche da sobria sembra sempre un po' brilla, figuriamoci quando si ubriaca davvero: non solo le persone attorno, ma anche lei stessa se ne accorgerebbe.

E quel giorno, Matsuko giura di aver sentito qualcosa come lo scoppio di una botte... Be', non era scoppiata da sola, Kōko aveva fatto la sua parte, non c'era dubbio, come avesse tolto il cerchio attorno che la reggeva. In pratica, Kōko emetteva risa sguaiate addizionate del trenta per cento rispetto al solito. Mentre friggeva le vongole nella cucina di Arashi, beveva vino rosso. Quando tutte le vongole erano state fritte e lei era uscita dalle retrovie con la faccia paonazza, era già cotta a puntino. Dapprima si era comportata bene: aveva contenuto le risate e le incursioni nelle conversazioni; poi, però, aveva cominciato a cantare, a battere le mani, a piroettare, tutto in modo eccessivo. E questo non era niente. Il problema era che, a poco a poco, con tutto quel circo aveva preso di mira un solo obiettivo: Susumu.

Fin dall'inizio, il ragazzo non era di buon umore. Era stato invitato, quindi era venuto, ma era chiaro che non si sentiva granché a suo agio. Sorseggiava il suo whisky diluito con acqua e ghiaccio, annuendo e sorridendo vagamente. Ikuko e Matsuko se ne erano accorte, e anche Kōko, naturalmente. A dire il vero, questo atteggiamento aveva infiammato Kōko, che si era prefissata di tirare su il morale a Susumu. Ma aveva sbagliato la misura. Di conseguenza, Susumu si era sentito sempre più a disagio e, cosa peggiore, aveva iniziato ad arrabbiarsi.

Ed è ancora arrabbiato, visto il comportamento di oggi.

Il progetto del picnic sotto i ciliegi in fiore non è decollato, ma hanno deciso di preparare il riso ai piselli come piatto del giorno. Kōko ha comprato dei grossi baccelli. «Metà la usiamo per il topping del riso con *aburaage* e uova, e l'altra per il piatto del giorno.» Si consultano mentre sgusciano i piselli.

«Oggi i piselli sgranati si trovano al supermercato, ma non si può negare che quelli freschi siano molto più gustosi, non credete?»

«Anche i piselli... meglio illibati...»

«Oh, Matsuko, la solita maliziosa!»

«Ho detto qualcosa di inappropriato?»

«*Ah ah.*»

«Come li prepariamo? Li sbollentiamo prima con l'aggiunta di un po' di sale e poi li mescoliamo al riso cotto? Oppure li cuociamo a vapore direttamente con il riso?»

«Sarebbe meglio cucinarli assieme al riso...»

«Primavera di bellezza dura poco, tanto vale valorizzarne l'apparenza.»

«*Ah ah.*»

Matsuko e Ikuko guardano Kōko con la coda dell'occhio. Lei le nota e ripete: «*Ah ah*», rumori di gola privi di entusiasmo. Lo sente anche lei, così esagera la sua risata, e più la esagera, più diventa sinistra. Possibile che i problemi di Kōko, che si sono manifestati solo di recente, risalgano in realtà a molto tempo prima?

"La situazione è grave, bisogna fare qualcosa", considera Matsuko... quando Ikuko, che deve aver avuto lo stesso presentimento, le ruba la scena.

«Susumu, dopo tutto, è solo un moccioso.»

"Un moccioso?" Ikuko solitamente non usa un vocabolario così eloquente. Ma questa è un'opportunità per seguire e aiutare Kōko... «Ben detto!» conferma Matsuko. «Così impara a immusonirsi per niente. Sono sicura che se ne sia pentito.»

«Esattamente! Kōko si preoccupa troppo, per questo lui non sa come reagire.»

«O forse l'ha presa alla lettera e si sta chiedendo cosa rispondere. *Ahahahah*!»

«Oh, me lo immagino... *Ahahahah*!»

In realtà, quella famosa sera, Kōko gli aveva fatto una proposta di matrimonio. «Sei salito sulla mia auto, devi affrontare le tue responsabilità.» E Susumu aveva risposto con lo stesso tono, sostenendo molto seriamente che riconosceva di aver fatto quella gita al mare con l'auto di Kōko, ma che non le aveva nemmeno sfiorato un dito. Era stata Kōko, invece, a perseguitarlo, dicendo che doveva essere più intraprendente e che poteva baciarla. Susumu, che all'inizio l'aveva preso come uno scherzo, a poco a poco si era incupito, fino a lasciare la festa senza salutare.

«Ma io...» dice Kōko, guardando prima una e poi l'altra con gli occhi di una santa, sbattendo le palpebre, «parlavo sul serio...»

Matsuko si accosta subito a Ikuko, come per formare un blocco più compatto.

«Seria?»

«Io ho tutte le intenzioni di sposare Susumu.»

Il baccello le scivola quasi dalle dita. Matsuko si ricompone in tempo e cerca la risposta più breve.

«Oh, è così?» Ikuko, incredula, torna a sgusciare piselli.

"Sì, be', questo complica le cose..." pensa Matsuko, a riconferma di una vaga intuizione dimenticata.

Matsuko ha un cellulare da qualche tempo. Lo ha tenuto nascosto a Kōko, però. Aveva sempre detto che non ne sentiva la mancanza, quindi non vedeva il motivo di averne uno. Non che avesse cambiato idea sull'argomento. Anzi, da quando l'aveva comprato, avvertiva un certo disagio. Lo aveva comprato per Shun, ovviamente. L'ultima volta che aveva mangiato con lui, in quel *family restaurant* fuori dalla stazione, verso la metà di febbraio, era stata una cena, durante la quale aveva saputo che Shun aveva uno smartphone. O meglio, lo aveva visto con i suoi occhi. Il telefono aveva iniziato a squillare durante il pasto. La *Nona* di Beethoven. *L'Inno alla gioia* era sgorgato dal suo piumino sulla panca accanto a lui. Shun aveva tirato fuori il telefono con gesti esperti e aveva risposto di fronte a Matsuko. Era una telefonata di lavoro, a quanto pareva.

«Sì... sì, sì. *Uhm... Uhm...* Okay, nessun problema.» Affermazioni miste a parole come «scadenza» e «correzione di bozze».

Shun si guadagna da vivere come illustratore, realizzando manga, disegni e talvolta progetti per tessuti stampati. Finita la conversazione, aveva riposto in tasca lo smartphone con disinvoltura, mettendosi di nuovo in assetto di cena al tavolo; si era chinato sulla piastra davanti a sé come per ricordarsi a che punto era con il suo «hamburger gigante al curry con uovo in camicia».

«Oh, hai un cellulare», aveva detto lei, incurante, o fingendo di esserlo. Be', proprio così. Sospettava che lui ne avesse uno. Ma quando lo vedeva – non molto spesso, in realtà – non lo usava, quindi non ne avevano mai parlato. Conosceva Shun fin dall'infanzia, ma i circa cinquant'anni in cui si erano frequentati erano costellati da buchi enormi, «vuoti cosmici», per tacere del periodo in cui lui era stato sposato... Quindi, se non lo avesse chiesto lei esplicitamente, non avrebbe mai avuto quell'informazione.

«Sì, sì», aveva risposto lui, molto distaccato. Come se non avesse importanza. O come se non lo riguardasse. Questo modo di non farsi coinvolgere da ciò che veniva detto era proprio tipico di Shun.

Matsuko, senza farsi troppe domande, aveva detto: «Be', allora, dammi il tuo numero!».

«Sì, se vuoi», aveva risposto lui con un sorriso.

«Ma che mi chiami al telefono fisso o al cellulare, non

farà molta differenza. In linea di massima sono sempre a casa.»

Matsuko aveva scoperto che Shun viveva sulla sua stessa linea di metropolitana, a venti minuti di treno da Kokoya. In altre parole, la zona in cui abita anche lei e dove si trova il ristorante in cui erano seduti.

«Ma a volte non ci sei», aveva insistito Matsuko.

«Be', sì, certo», aveva ammesso Shun in tutta onestà. «A proposito, tu ne hai uno? Un telefono cellulare, intendo.»

«Dovrò procurarmelo quanto prima. Un'esigenza professionale», aveva mentito, annotando il numero di cellulare di Shun. Il giorno dopo Matsuko aveva comprato uno smartphone.

Il fatto che ora lei abbia un cellulare non significa che inizierà a squillare. In pratica, finché Shun non l'avesse chiamata, non avrebbe squillato. E poiché Shun non l'avrebbe mai fatto, l'avrebbe fatto lei, essendo incapace di aspettare. Così quella sera, uscendo da Kokoya, dopo aver lasciato Kōko e Ikuko nei vicoli del quartiere residenziale, gli telefona.

«Sì?»

Matsuko era sicura che non avrebbe risposto. Almeno su questo si è sbagliata. Shun risponde, completamente a suo agio, senza alcuna particolare sorpresa.

«Sono io, Matsuko.»

«Già.» Il fare indifferente, tipico di Shun: senza accettare le cose né accoglierle con favore. Matsuko è convinta che gli manchi la forza di opporsi agli eventi, ma forse è l'unica a pensarla così.

«Dove sei adesso?»

«Dove? Non lontano da casa.»

Come da copione, sempre quel modo cauto di parlare, senza coinvolgimento.

"*Non lontano* cosa significa? Non sono mica una piazzista che cerca di venderti un estintore, caspita!"

«L'amica con cui di solito bevo qualcosa dopo il lavoro non si sente molto bene, oggi...»

«Già.»

«E se non bevo un drink alla fine della giornata, non mi sento rilassata, lo sai.»

«Già.»

«Ti va di andare a bere qualcosa? Posso venire lì, se vuoi. Be', non a casa tua, ma in un pub o qualcosa di simile lì vicino.»

Segue un breve silenzio. Percepisce che Shun sta pensando. Poi lui risponde con un «*Uhmmm*». E aggiunge: «Devo consegnare un lavoro entro domani. Inoltre, ho già fatto il bagno. Ieri ho bevuto troppo con i colleghi, quindi ho pensato di astenermi dall'alcool, stasera».

"Ha davvero bisogno di tre scuse di fila?" Matsuko vorrebbe gridarglielo in faccia, ma ovviamente se lo tiene per sé.

«Okay. Potremmo andare a fare un picnic sotto i ciliegi in fiore, uno di questi giorni, allora», gli propone cautamente, sforzandosi di suonare noncurante.

«Ah, sì, buona idea, andiamo, andiamo!» risponde lui all'istante, perché la fioritura dei ciliegi è ancora in un futuro indistinto.

Matsuko lo sa così bene che non nutre la minima aspettativa.

«Non sarebbe domani un buon giorno per fare lo *hanami*?» suggerisce Kōko il sabato.

«Che bella idea!» concorda Ikuko.

"Bene, il recupero è stato veloce", pensa Matsuko. "Abbiamo superato l'età dell'indecisione, questo è certo." Ma non risponde, continuando a confezionare l'invenduto.

«Ehi, Matsuko, parlo con te! *O-hanami*, che ne dici?»

«Mi chiamo fuori. Mi avevate detto che non potevate, l'ultima volta, quindi mi dispiace, ora ho altri impegni.» È vero, ed è per questo che lo dichiara candidamente.

«Oh, non ci darai buca, vero... Andiamo, domani ci sarà il sole.»

Matsuko le lascia insistere e si accinge a tornare a casa. Deve prepararsi per il giorno dopo. Perché domani anche lei farà un picnic sotto i ciliegi in fiore, ma con Shun. A dire il vero, non pensa che succederà. E soprattutto non pensa che Shun la chiamerà per confermarlo.

«Domani *hanami*, vero?» dice, come a ribadire qualcosa di già deciso con un tono familiare.

Be', il lupo perde il pelo ma non il vizio, e non c'è dubbio che non può abbassare la guardia. Sa fin troppo bene, per esperienza, che lui ha ancora tutto il tempo per tirarsi indietro.

E così, con la sensazione che nulla possa essere più devastante di una brezza primaverile, Matsuko si reca all'appuntamento il giorno successivo. Ebbene, incredibile ma vero, all'ingresso del parco, come concordato, c'è lui.

«Ciao!» la saluta, alzando una mano. Con i pantaloni di cotone, la polo celeste e la giacca beige, sembra un papà nel giorno di riposo. Nell'altra mano tiene un sacchetto del supermercato con quelle che sembrano lattine di birra.

Anche Matsuko alza una mano e sorride nello stesso momento. "Fantastico! Sembriamo una coppia! Be', se fossimo una coppia, saremmo usciti dalla stessa casa! Comunque, si potrebbe quasi immaginare una coppia che durante la settimana non vive insieme: è possibile, no?" Il pensiero è sufficiente a farla arrossire.

Nel parco, Shun si occupa con galanteria e naturalezza della grande borsa che lei ha portato con sé, provocando un secondo imbarazzo, ma non senza una leggera fitta di rammarico; dopo tutto, questo può essere solo un atteggiamento che Shun ha imparato durante i suoi sette anni di matrimonio. La strada dell'amante di un uomo sposato è irta di difficoltà, le serie televisive l'hanno ampiamente illuminata su questo punto, ma sta scoprendo che anche uscire con un uomo separato non è tutto rose e fiori.

Il parco è equidistante dagli appartamenti di entrambi, ed è costituito da soli alberi e prato. Sebbene il luogo e il tempo siano perfetti, in questa domenica di piena stagione di fioritura ci sono molto spazio e poca folla, rispetto ad altri luoghi più centrali della capitale. Si siedono accanto a un grande albero di ciliegio appartato, alla giusta distanza per ammirarlo. Shun estrae dalla tasca della giacca due quadrati di vinile, così Matsuko si astiene dal tirare fuori il telo che ha preparato, anche se il suo è molto più grande, e si limita a mettere tra loro la scatola da *bentō* contenente varie cose da mangiare.

«Oh, sembra buono!» gioisce Shun, e lei con lui. La conversazione che segue non è molto entusiasmante, ma Matsuko se la fa scivolare addosso.

«È vero, tu lavori nella ristorazione...»

I ciliegi in lontananza sembrano zuccherini avvolti nella nebbia dei petali. Le grida degli ubriachi, i pianti e le risate dei bambini arrivano a intermittenza, trasportati dal vento. Per la prima volta, Matsuko ha la sensazione di non essere fuori posto, di poter essere sé stessa in questo paesaggio pastello. Brindano con le loro lattine di birra. Shun non perde tempo con la scatola del pranzo. Inizia con un boccone di omelette al *dashi*, esattamente come ha previsto Matsuko.

«È eccellente», commenta sorridendo mentre la guarda. Non è mai stata così felice di lavorare in una cucina. È una professionista. Sì, cucina tutti i giorni, quindi ne sa qualcosa. E, diciamolo, è molto soddisfatta di quello che ha preparato oggi. Sul piano superiore della scatola a strati sovrapposti ci sono: la frittata con *dashi*, i germogli di bambù bolliti con *katsuobushi* e gambi di farfaraccio marinati nel *miso*; sul piano intermedio: pollo in salsa *teriyaki*, mini crocchette di taro e foglie e fiori di colza al vapore; e in fondo: riso con piselli a forma di bei ciottoli rotondi. Come Matsuko, Shun non è un gran bevitore. E bevono più o meno allo stesso ritmo. Quando hanno finito due lattine ciascuno, si sentono a posto. Proprio in quel momento, Shun inizia a parlare. «Questo riso con i piselli, sai... ha un bellissimo aspetto ed è anche delizioso. Ma sarebbe ancora meglio se si sentissero di più i piselli. Anche se il colore non fosse così bello, anche se fossero un po' schiacciati, sai...»

In quel momento, Matsuko prende uno degli *onigiri*, un bel fagottino bianco con i piselli verdi brillanti, e dice: «Intendi il riso cucinato assieme ai piselli? Stai parlando del normale risotto che si fa in famiglia?».

«Sì, certo», conferma Shun senza esitazione.

Questa nuance di ovvietà fa rabbrividire Matsuko. "No, no, non dirlo. Non dirlo, non dirlo, non dirlo!"

«Senti un po', ma perché ti sei sposato?» Ecco, l'ha detto.

Il sorriso di Shun si blocca improvvisamente.

Ma perché l'ha detto, quando erano tranquilli ad ammirare i ciliegi in fiore?

«È l'unica frase che ti viene in mente, è incredibile!»

Come se arrivasse dal cielo, una voce di donna scende su di lei. Matsuko deglutisce e si gira.

No, non è Dio in persona che le parla, ma la donna di una giovane coppia seduta un po' più in là, cinque metri dietro di loro.

Lei è di spalle ed è appena balzata in piedi per la rabbia. Il giovane, a sua volta, si è alzato in tutta la sua altezza. Sono uno di fronte all'altra, e Matsuko può vederli di profilo.

"Ma... non è Susumu?" pensa Matsuko, in un angolino della mente quasi interamente occupata dal rimorso della frase che le è sfuggita.

7.
FARFARACCI

Come sospettava, il pacco espresso è da parte di sua cognata.

Ikuko ha trovato la bolla del corriere e ha richiesto una seconda consegna per il giorno dopo, domenica.

Nonostante il sole sia ancora alto, torna dalla cucina con una lattina di birra in mano. Non si mette alla finestra di fronte al parco, dove di solito inizia il suo primo giro, ma va direttamente, con il pacco nell'altra mano, nella stanza del tatami, di fronte al balcone. Beve due sorsi, poi apre il pacco. Imballato alla perfezione, come sempre. Pluriball sotto la prima carta, poi una scatola di cartone. ("Oh, una scatola di dolci alle arachidi *Peanuts Monaka*, quest'anno!") Solleva il coperchio e infine, avvolti nella carta, appaiono dei germogli di farfaraccio. Molto più piccoli di quelli che si trovano dai fruttivendoli di Tokyo, ma pieni di teneri boccioli verdi, di cui alcuni già aperti. Sopra il tovagliolo di carta che li ricopre c'è un foglio rosa pallido.

Passali veloce sotto l'acqua per rimuovere la terra, prima di cucinarli!

Lo stesso messaggio con la stessa calligrafia di ogni anno. Sua cognata gestisce una pensione nella regione di Nagano da quando aveva sposato un montanaro. Il marito poi è morto di malattia attorno alla cinquantina, ma la figlia e il genero le danno una mano. Poi, da quando Ikuko aveva sposato Shunsuke, riceve un mazzo di farfaracci ogni primavera, tranne lo scorso anno, quello in cui Shunsuke è morto. Lei ha sempre avuto un buon rapporto con la cognata e, da quando è vedova, si sono telefonate e scritte diverse volte, ma pensava che la storia dei farfaracci fosse finita, che non li avrebbe più ricevuti.

Ikuko beve la prima lattina e prende un germoglio per annusarne il profumo. È la solita quantità.

In ogni caso, anche quando Shunsuke era vivo, era quasi esclusivamente Ikuko a mangiarli. A Shunsuke piacevano molto in *tempura*, e meno nella zuppa di *miso* o saltati in padella con *mirin* e *miso*. Quando glieli cucinava così, lui si comportava come se lo disgustassero, dicendo che puzzavano di peperone.

«Oh, che belli! Germogli di farfaraccio!» esclama Kōko.

«C'è ancora la terra attaccata!» dice Matsuko felice.

«Pensavo di cucinarli con il *miso* e usarli per gli *onigiri*», suggerisce Ikuko. Si sente il cuore leggero mentre lancia questa proposta. Ha fatto bene a venire a lavorare qui, pensa, e non è la prima volta. La verità è che non si aspettava di rimanere così a lungo, all'inizio. Ikuko riflette, mentre taglia i germogli per ripulirli dalla terra. Di certo non è una che prende il lavoro alla leggera, ma onestamente non pensava di essere granché capace, non aveva fiducia in sé stessa. Ma voleva andare avanti, uscire dalla sua situazione, e per questo si era presentata quando aveva visto l'annuncio fuori da Kokoya. Per il resto, si aspettava di stancarsi rapidamente delle relazioni con due donne della sua età. In conclusione, aveva completamente sbagliato nelle sue previsioni. Ora deve ammettere di andare abbastanza d'accordo con Kōko e Matsuko, anche se non fila sempre tutto liscio.

Kokoya è diventato per lei qualcosa di più importante di un semplice lavoro.

Il farfaraccio tritato viene saltato in padella con olio, *miso*, *sake*, zucchero. Di recente lo stato di Kōko desta qualche preoccupazione. È chiaro che da tempo non gode di ottima salute. O, per essere più precisi, sta bene, ma è come vuota. Anche Matsuko sembra agitata, ultimamente: parecchio inquieta.

"Be', anche io probabilmente ai loro occhi appaio in maniera simile. Una cosa è certa: quando si arriva a questa età, crucci e grattacapi sono all'ordine del giorno." Ikuko prende un cucchiaio di *miso* per assaggiarlo. "Buono. E sentire che una cosa è buona è una gran fortuna, no?"

Il riso è pronto.

Mentre Kōko e Matsuko si dedicano agli *onigiri*, Ikuko prepara il *tempura* con un po' di germogli avanzati che ha messo da parte fin dall'inizio. Non per venderli, no. Per mangiarseli loro tre.

«*Ahahahah!*»

«Oh, brava, bravissima!»

«Forza, vanno mangiati caldi!»

Hanno già le bacchette in mano quando suona il campanello. Ikuko, che è la più vicina alla porta, si alza in piedi.

«Arrivo!»

Quando vede Susumu, le sgorga subito un sorriso.

«A disposizione!» dice Susumu a voce alta mentre posa il pesante sacco di riso. Poi, sporgendosi verso Ikuko, aggiunge a bassa voce: «Più tardi, posso parlarti un minuto? Per un consiglio...».

Quella sera, all'ora di chiusura, Kōko e Matsuko intendevano andare a bere qualcosa da Arashi, per cui Ikuko può defilarsi tranquillamente.

Susumu le sussurra di incontrarsi dopo al *family restaurant* dietro la stazione. Non è del tutto convinta che un locale così luminoso, con grandi vetrate che danno sul viale, sia il posto migliore per un incontro segreto, ma almeno non è sulla strada né di Kōko né di Matsuko.

«Non dirlo alle altre, per favore», sussurra Susumu.

Naturalmente Ikuko non ha intenzione di illudersi pensando che si tratti di un appuntamento, ma non può impedire al suo cuore di battere forte. Che cosa sarà questo «consiglio» che Susumu vuole chiederle? Dopo l'episodio increscioso con Kōko, aveva messo il muso, ma ora è tornato quello di sempre. Ikuko pensa che il consiglio debba avere a che fare con quello che Matsuko le ha rivelato qualche giorno fa: «Susumu ha una ragazza».

Una decina di giorni prima, Kōko è uscita per andare in banca e loro due erano sole a preparare crocchette di patate con prosciutto e piselli.

«L'ho visto l'altro giorno nel parco R., a fare *hanami* sotto i ciliegi in fiore», le ha rivelato Matsuko.

A Ikuko non interessava tanto quello che Susumu stesse facendo nel parco, quanto quello che ci faceva Matsuko lì. «Nel parco R.? Anche tu eri lì per lo *hanami*?»

«Be', non è stato niente di eccezionale, ma... sì.»

Ikuko ha letto tra le righe che Matsuko forse era più interessata a parlare di ciò che le stava accadendo che di Susumu.

«Ma dai! E con chi?» le ha chiesto.

«Ehm... con chi? Be', un conoscente, diciamo.» Il rosso delle guance di Matsuko era eloquente.

«Vuoi dire il tuo *Tesoro*?»

«No, aspetta... Sì, ero con *Tesoro*, ma non significa nulla...»

«Quindi la cosa che avevi da fare era quell'appuntamento.»

«Che importa, non era di me che stavamo parlando...» Matsuko, tutta rossa, ha appallottolato tre crocchette senza dire una parola. Tre crocchette identiche, non una più grande dell'altra, ben arrotondate, niente da dire, crocchette professionali. «In ogni caso, la sua amica sembra avere un bel caratterino», ha ripreso il discorso Matsuko.

«Non sembra che questa storia possa durare a lungo. Se Susumu ha preso così male l'attacco di Kōko l'altro giorno, mi chiedo se non sia stato anche perché le cose non vanno bene con la sua ragazza.»

"Mah, io sono convinta che se Susumu l'ha presa così male, è soprattutto colpa di Kōko." Mentre Ikuko pensa così, si alza la barra del passaggio a livello e oltrepassa i binari.

Attraverso le grandi finestre del *family restaurant* illuminato, dall'aspetto di una scatola colorata al neon, Ikuko intravede Susumu. Con il gomito appoggiato allo schienale della panca, sta armeggiando con lo smartphone, come se si fosse dimenticato di avere un appuntamento con lei. Poco male, così ha tutto il tempo di osservarlo prima di varcare la porta d'ingresso, di studiare nel dettaglio questo giovane uomo che ha il volto di suo figlio, morto a soli due anni.

«Oh, scusa.» Solo quando arriva davanti al tavolo, Susumu alza lo sguardo e la riconosce, come risvegliato da un sogno.

Ikuko ordina una Coca-Cola quando vede il bicchiere davanti a lui. A dire il vero, avrebbe preferito una birra, perché bere alcolici con suo figlio era uno dei punti della sua lista dei desideri. Ma è fuori questione per lei abbandonarsi agli eccessi dell'altra volta.

«Allora, di cosa vuoi parlarmi?» Anche senza la birra, probabilmente usa un tono di voce esageratamente alto.

Susumu rimane per un attimo sbalordito. Ikuko lo guarda di nuovo, con la bocca impassibile. "E se gli dessi una carezza?" Sta per porgere la mano, quando...

«Be'», comincia a parlare Susumu, «si dà il caso che io abbia una ragazza.»

«Ma dai? Sul serio?» chiede con un tono che eccede le sue intenzioni. «Fantastico», si affretta ad aggiungere.

«E... è questo che volevi dirmi?»

«Be', sì, non so. Matsuko mi ha minacciato.»

«Minacciato?»

«L'altro giorno ci ha visti. Voglio dire, quando ero con la mia ragazza. E mi ha detto: "Se non vuoi che faccia la spia, è meglio che tu esca con Kōko!".»

Ikuko rimane senza parole.

«È spiacevole, perciò...» si affretta a correggere Susumu. «In realtà, non mi interessa se fa la spia o meno. Ma mi domando se voglia davvero che io chieda a Kōko di uscire. Non capisco bene. Perché, voglio dire, il modo in cui Matsuko ha dato il suo ultimatum sembrava intimidatorio. Quindi significa che Kōko fa sul serio? Il giorno della festa mi ha preso tanto in giro e questo mi ha dato molto fastidio. Ma se era davvero seria, allora forse mi sono comportato male. Quella volta ero un po' teso, avevo le mie preoccupazioni, in effetti», aggiunge Susumu con un filo di voce.

"È un bravo ragazzo", pensa Ikuko con un mezzo sorriso bonario. "Un po' fragile. Un po' viziato. Be', se fossi sua madre, lo tratterei più da adulto, gli insegnerei un po' di cose sulla vita. Forse è anche colpa nostra: lo abbiamo coccolato troppo."

«Kōko mi piace, ma non come amante!»

«Be', credo che dovresti chiederle di uscire», dice Ikuko con tono sprezzante.

«Cosa?»

«Anche se sono un po' preoccupata per te.»

Susumu indossa una maglietta celeste con un grande 7 nero stampato sopra. L'ombra che si vede sul mento e sulle guance è l'accenno di una barba a venire. Diventare adulti è più difficile di farsi crescere la barba.

«Preoccupata?»

«Sì, sono preoccupata. Perché potresti ferirla.»

«Cosa intendi con "ferirla"?»

«Kōko ha un debole per te...»

«Eh?»

«Comunque, penso che dovresti chiederle di uscire.» Ikuko prende la ricevuta dal tavolo e si alza.

Susumu si scuote, allunga la mano e dice: «Faccio io».

Ikuko, che sta pensando di dire "Lascia stare..." cambia idea e glielo porge.

«E per piacere esci con lei, capito?» Poi aggiunge scherzosa: «E pure con me, dai».

Quando Ikuko arriva a casa, esita un attimo prima di aprire la birra. La sorseggia lentamente, dando piccoli morsi ai farfaracci al *miso* disposti davanti alle foto del marito e del figlio in tre mini porzioni, ricavate dagli avanzi del negozio. La birra non è buona. Forse la colpa è della Coca-Cola di prima.

"Ho davvero bisogno di bere, stasera?" si chiede. "Ma se non bevessi, che succederebbe?" La risposta la spaventa e si decide a tirare la linguetta della lattina. "Strano, vero? Avere paura non di fare qualcosa, ma di non farla."

Il germoglio di farfaraccio è davvero amaro, tanto da risaltare, al gusto, anche sulla dolcezza del *miso*. Al negozio li avevano posizionati in cima a *onigiri* triangolari di riso candido. Una signora che ne aveva presi due per pranzo è tornata la sera ed è rimasta delusa nell'apprendere che non ce n'erano più. Il suo disappunto era davvero esagerato.

Eppure, il giorno prima, quando aveva ricevuto i germogli, Ikuko si era arrabbiata con la cognata.

"Perché si ostina a mandarmene, ora che Shunsuke è morto? Non ha più senso inviarmi i germogli di farfaraccio, no?"

Non odia la cognata, ma non sopporta che le cose vadano avanti come prima, come se nulla fosse. La rende triste o, più precisamente, si sente costretta, oppressa. È come se la cognata le dicesse: "Mio fratello è morto, ma per te la vita continua, non è vero?". Ma ancora di più è quello che Ikuko ha nel cuore, a turbarla. E il suo cuore le dice: "Il tuo dolore passerà e continuerai ad amare il sapore del farfaraccio. È da quando tuo figlio è morto che pensi che avrebbe dovuto essere Shunsuke a morire al posto suo...".

I germogli di farfaraccio al *miso* sono molto più buoni della birra, quindi li finisce tutti prima di svuotare la lattina.

«Finiti», dice ad alta voce. Poi tutto cambia e le tornano in mente le immagini della morte di suo figlio Sō. Ogni volta che le succede, trangugia grandi sorsi di birra. Ma questa volta non lo fa, lascia il ricordo affiorare lentamente e consapevolmente.

Era febbraio. Una mattina gelida, con un sole splendente. Dopo che il medico le aveva detto che Sō era morto, Ikuko si era voltata verso la finestra della stanza dell'ospedale, per vedere qualcosa di diverso da ciò che aveva davanti e che non voleva accettare. Erano passate da poco le otto. L'ospedale era adiacente ai binari di una linea ferroviaria. C'era un passaggio a livello. La gente aspettava che la barra si alzasse. Impiegati in giacca e cravatta, un giovane con le mani infilate nelle tasche della giacca rigonfia, una ragazza in bicicletta, forse una studentessa delle medie, con un montgomery color cammello e una sciarpa a righe bianche e blu al collo.

"Ma no, non è successo niente", aveva pensato Ikuko. "Tutti sono esattamente come al solito."

Il paesaggio era solo un po' più pallido del solito, probabilmente a causa del freddo. Non si percepiva più le gambe, sentiva il terreno cedere sotto i piedi e si sentiva mancare. Quando si riebbe, vide il letto dove giaceva Sō, le macchine che le infermiere avevano portato frettolosamente nella stanza e, un po' più in là, suo marito, in piedi con una postura strana. Anche lui era sbiadito, secco, inespressivo, come un'altra macchina messa lì per errore.

Sō era morto per un raffreddore. Quando gli era stata diagnosticata la polmonite, era troppo tardi.

"Vedi, te l'avevo detto." Nella sua testa Ikuko sentiva la sua voce, come una musica lontana, quasi inudibile, ma che riecheggiava per l'eternità. "Vedi, ti avevo detto che dovevamo portarlo in ospedale in fretta, te l'avevo detto. E tu hai detto che era solo un raffreddore, che non volevi disturbare. Andremo domattina presto, è sufficiente. Sei un medico, forse? Era troppo tardi, ed è colpa tua!" Queste parole non hanno mai attraversato le labbra di Ikuko. E forse è proprio per questo che la voce che le pronuncia gira nella sua testa da quel giorno, come una radio gracchiante e silenziosa. Nei trenta anni e passa in cui hanno vissuto insieme, mai una volta è riuscita a pronunciare queste parole. "E sicuramente Shunsuke lo sapeva", pensa Ikuko.

La lattina è vuota solo per metà, ma Ikuko smette di bere. La porta al lavandino insieme ai piattini che contenevano i farfaracci al *miso*. Quando finisce di lavare i piatti, telefona alla cognata.

Il primo giorno del lungo ponte di maggio, il cielo è azzurro, il sole splende e fa quasi troppo caldo. Sono partiti alle cinque del mattino, ma il traffico è così intenso che quando escono dall'autostrada è già mezzogiorno. C'è ancora un'ora di strade secondarie da percorrere prima di raggiungere la pensione della cognata.

«Hai fame? Ci fermiamo da qualche parte?» Ikuko chiede a Susumu.

Il ragazzo ha preso in prestito l'auto di un amico. Ikuko aveva pensato di noleggiarne una, ma lui l'aveva convinta che alla vigilia del lungo ponte probabilmente non ci sarebbe stato più nulla e in qualche modo era riuscito a trovare questa: una Witz arancione (glielo ha detto lui che è una Witz). Naturalmente, guida Susumu.

«Ikuko-san, non sei stanca?»

«No, sto bene...»

«Allora, proseguiamo senza fermarci? Hai detto che si mangia bene lì, no?»

«Sì, è meglio aspettare e mangiare qualcosa di buono che tappare il buco allo stomaco con una cosa qualsiasi.»

Susumu si dirige in direzione delle montagne, le cui cime sono ancora coperte di neve. Finora ha guidato senza correre alcun rischio. «Amo le auto, amo guidare», ha detto. Ma non è solo per il piacere di guidare che ha scelto di impegnare due giorni delle vacanze di maggio per accompagnarla alla pensione della cognata. Certo, glielo aveva chiesto lei, ma non pensava che avrebbe accettato. In altre parole, aveva invitato Susumu come incentivo per andare a casa della cognata.

Il ragazzo aveva esitato brevemente, poi aveva detto: «Va bene, ti accompagno».

"Che motivo ha quel ragazzo di accettare di passare le vacanze con una signora della cucina dove consegna il riso?" si domanda Ikuko. "Nella peggiore delle ipotesi, non ha niente di meglio da fare per la settimana di vacanza."

«Oh! Un lago!» esclama Susumu.

Ikuko ricorda spontaneamente i nomi dei due laghi in ordine, e glieli ripete.

«Vieni qui ogni anno?»

Ikuko annuisce: «Di solito arrivo un po' più tardi. Quando a Tokyo fa troppo caldo».

«In treno?»

«No, in macchina. Ho avuto un marito fino all'anno scorso.»

«Ah...» Susumu fa un cenno di comprensione, discreto.

"Tutti muoiono, un giorno. Quanti altri mesi o anni ci vorranno perché tu capisca la crudeltà di questa vita?" pensa Ikuko.

«Hai detto qualcosa?»

«No, niente, parlavo tra me e me.»

Si ricorda. Ogni anno Shunsuke guidava e lei esclamava: «Ah, il lago!» proprio come ha appena fatto Susumu. Ed era Shunsuke che, come Ikuko ora, le ricordava solennemente i nomi dei laghi. Stessa scena ogni anno. Naturalmente Ikuko conosceva bene quei nomi, ma non li diceva. Solo: «Ah, il lago!». Proprio così, Ikuko se lo ricorda perfettamente.

«Lui è il mio amico Susumu.»

Per un attimo gli occhi della cognata si allargano, poi lo saluta con un grande sorriso. «Piacere. Mi chiamo Atsumi.» Atsumi ha tre anni in meno di suo fratello Shunsuke, quindi un anno in più di Ikuko. Mentre Shunsuke era alto e snello, Atsumi è bassa e corpulenta. Eppure, con le sue lunghe ciglia, gli occhi dolci e le labbra sottili, gli assomiglia molto.

Certo, è la Golden Week, ma è il primo giorno e c'è molta meno folla rispetto alla stagione degli sport invernali. La casa ha un bell'aspetto, sebbene l'intonaco cominci a scrostarsi in alcuni punti. L'atmosfera è molto serena. La cognata ha preparato un piatto speciale che serve nella sua sala da pranzo privata e non nell'area riservata ai clienti. Germogli di bambù e *onigiri*, e germogli di farfaraccio con *miso*. È la figlia, che ora gestisce da sola la cucina, a portare loro la zuppa di *miso* calda con una manciata di germogli galleggianti.

«Ne ho preparata anche al negozio.»

«Il negozio?»

Non ha ancora spiegato alla cognata che adesso lavora.

"È arrivata l'occasione per parlarle di Kokoya", pensa Ikuko e poi aggiunge: «Facciamo piatti pronti e sono molto buoni. Lavoro con altre due donne della mia età, Kōko e Matsuko. E Susumu è il nostro amato fattorino del riso».

«Insomma, Susumu, sei il cocco del negozio!» Atsumi sorride.

«Oh, no, è che...» Susumu si schermisce goffamente con fare modesto «...Kokoya è il regno della libertà», aggiunge. Anche questa espressione è divertente: *Il regno della libertà.* Ikuko non è sicura che Susumu la intenda in senso positivo, ma lo dirà a Kōko e Matsuko al ritorno.

Dopo pranzo, si riposano un po', poi vanno a fare una passeggiata.

«Meglio che guidi uno esperto di strade di montagna», dice la cognata facendo salire Ikuko e Susumu sul suo minivan.

«Sei già stata qui?»

Nella zona ci sono moltissimi luoghi pittoreschi da ammirare. E ce ne sono ancora parecchi che Ikuko non conosce.

«Non ne sono sicura, ma mi ricorda qualcosa», risponde, guardando il piccolo lago addormentato. I fiorellini bianchi di ranuncolo d'acqua cominciano a comparire sulla superficie del lago, cupo come uno specchio scuro.

All'improvviso, Susumu alza le braccia e respira profondamente: «Ah, è come se il cuore si purificasse, vero?».

Ikuko e la cognata si guardano, poi scoppiano a ridere.

Al di là del lago, appare uno strano paesaggio. Verde e bianco. Alberi decidui, i nuovi germogli in piena fioritura, e qua e là qualche chiazza di neve a terra.

«I germogli di farfaraccio che ti ho mandato provengono da qui.»

«Ah, sì!» esclama Ikuko. C'è già stata in questo posto, diversi anni fa. Quella volta non erano venuti in estate, ma in primavera, come adesso, perché lei aveva voluto cimentarsi nella raccolta del farfaraccio. Ed era stato davanti a questo paesaggio bianco e verde, a questo luogo in cui inverno ed estate convivono, che Shunsuke le aveva detto: «Un paesaggio che ti somiglia».

Non era una battuta, ma una confessione uscita quasi per sbaglio dalla sua bocca.

Ricorda tutto, Ikuko. E si accorge che se è venuta qui, oggi, se ne ha sentito l'urgenza, è proprio per questo motivo: per ricordare.

8.

VERZA SALTATA

Le bacche *saskatoon* dell'albero in giardino sono belle mature e gli uccelli accorrono. Anche ora ce ne sono. Due storni grigi becchettano i frutti, facendo ondeggiare i rami di quest'albero solido, piantato dopo aver traslocato qui.

Kōko li osserva attraverso le tende di tulle. Vorrebbe aprirle, ma si trattiene per non spaventarli. In passato, quando vedeva un uccello su un albero, apriva la finestra e gli abbaiava contro. Nel loro giardino c'era un albero di limoni *yuzu*. La prima volta che Shiroyama l'aveva vista spaventare gli uccelli imitando un cane, si era messo a ridere di gusto.

«Be', il verso del gatto sarebbe troppo debole...»

«Sai, le piante producono i loro semi prevedendo anche una parte per gli uccelli», le aveva spiegato lui.

Da allora aveva accettato *la parte destinata agli uccelli*.

Kōko aspetta che gli storni volino via prima di uscire in giardino. Naturalmente, questo giardino è anche opera di Shiroyama. Benché fossero nel bel mezzo della separazione, lui si era impegnato a fondo per creare un giardino che potesse piacerle. E questo è Shiroyama in tutto e per tutto. *Quasi odioso.*

Per quanto possibile, ha lasciato gli alberi che c'erano all'epoca della vecchia casa, ma ha aggiunto l'albero di *saskatoon*. Poiché produce piccoli fiori e bacche bianche, le aveva detto: «Ti si addice, Kōko».

Saskatoon, o *juneberry*: «Bacche di giugno». Come suggerisce il nome, a giugno produce tante piccole bacche rosse.

Sono passati otto anni e continua a produrre lo stesso numero di bacche. *Quasi odioso.*

Kōko sapeva già da bambina che la parola inglese per giugno è *june*. Perché una ragazza del quartiere aveva perso l'occasione di diventare una *june bride*, una «sposa di giugno». L'espressione era ancora rara all'epoca, ma la ragazza in questione era una fanatica di tutto ciò che veniva dall'Occidente e si era messa in testa di sposarsi a giugno per diventare una *june bride*, appunto. La sua insistenza era stata tale che aveva finito per litigare con la famiglia del giovane e rompere il fidanzamento. La vicenda aveva fatto il giro del quartiere, tanto che l'espressione *june bride* farciva le conversazioni delle mamme dei dintorni. Prima che sua madre le spiegasse il significato, Kōko immaginava che si trattasse di qualcosa di simile a un succo di frutta delizioso. Anche in seguito, è rimasto per lei qualcosa di particolarmente delizioso. Ecco perché il suo matrimonio con Shiroyama si era tenuto a giugno.

Non ha trovato nulla di veramente attraente da comprare al mercato. Il mare era cattivo alla fine della notte e non c'era nulla che l'attirasse, a parte i sugarelli. Lo stesso valeva per la verdura: alcuni ortaggi estivi classici, melanzane, pomodori, zucche. Ma niente di che, a parte il cavolo verza. Bello verde, dall'aspetto croccante. Ne ha presi cinque.

«Involtini di verza? Con questo caldo...» inizia così il *briefing* sul menu.

«Che ne dite del curry? Hai preso il pollo, vero? Possiamo tagliarlo a dadini, per esempio, con dei peperoni.»

«È così tenera che viene voglia di mangiarla cruda, vero?»

«Insalata di cavolo verza? Con i sugarelli fritti, perfetta...»

«O in una marinata di aceto dolce? Non è pesante, il sapore è leggero, con un po' di peperoncino rosso per rendere il tutto più piccante.»

Alla fine, si destinano agli involtini al curry tre verze, una all'insalata e l'altra viene marinata in aceto dolce. Poi, sugarelli fritti, crocchette di zucca, melanzane e zucchine in padella. Ecco il menu del giorno.

«Ma se si mangia subito, la cosa migliore è saltare la verza in padella, no?» dice Matsuko, già in cucina, pronta a iniziare.

«È vero. Anch'io adoro il cavolo saltato in padella. Saltato nel burro, con salsa di soia a volontà», conferma Ikuko mentre apre le zucche, e aggiunge: «Io lo preferisco con una salsa dolce. E tu, Kōko? *Shōyu* o salsa?».

Kōko alza lo sguardo dalla pentola dove sta sbollentando le foglie di verza per gli involtini. «Io? Con il sale.»

«Ah, non ti sbagli. Anche il sale va bene, esalta la dolcezza del cavolo.» Mentre Matsuko e Ikuko confutano i pregi dei diversi condimenti possibili per la verza saltata, a Kōko sovviene quel sapore.

Il banchetto di nozze si era svolto in un ristorante di Ginza. Kōko aveva indossato l'abito da sposa. Convincere i genitori di entrambe le parti, per i quali un matrimonio era concepibile solo in kimono, acconciatura *bunkin takashimada* e ristorante tradizionale, non era stato facile. Ma lei voleva il vestito da sposa. Perché era una *june bride*! L'abito era storico, confezionato da un *couturier* francese e modificato in base alle misure di Kōko: allora era un po' più elegante di adesso. Un vero e proprio abito da sogno, con una marea di tulle e pizzo. Chi aveva recuperato l'abito? Shiroyama, ovviamente. Gli antiquari erano molto più rari all'epoca di quanto non lo siano oggi, ma lui si era dato molto da fare per lei. Dall'inizio alla fine, aveva sempre messo tutta la sua passione in tutto ciò che faceva. *Quasi odioso.*

Ricorda quel giorno nei minimi dettagli. Gli otto tavoli rotondi coperti da tovaglie giallo oro. I raffinati piatti di porcellana bianca con bordi dorati, i cui intrecci riprendevano i motivi di pizzo del vestito.

Poi un menu completo di cucina francese, a partire dalla

gelatina di fave e gamberi servita in *demitasse.* E la faraona arrosto – era la prima volta che mangiava la faraona in vita sua – e la *bouillabaisse* con l'aioli: era tutto delizioso, eppure aveva ingoiato a malapena un boccone. Perché il suo cuore era già così pieno di emozioni che non aveva più spazio, ma anche perché il corsetto era troppo stretto. Dopo il banchetto si era tolta il vestito. Durante il ricevimento successivo, quello per gli amici della sua età, era stata così impegnata a parlare con tutti che non aveva assaggiato quasi nulla. Così, a casa, a tarda sera, aveva lo stomaco vuoto.

«Haku, ho fame!»

Questo era stato il suo grido di cuore, il suo primo appello da giovane sposa durante la prima notte di nozze. Shiroyama rideva ancora di lei a distanza di anni. Allora vivevano insieme già da un po', ma a causa dei preparativi per il matrimonio non avevano fatto un vero pasto a casa per giorni. Nel frigorifero c'era solo della verza. Così Shiroyama gliela aveva preparata, saltata in padella. A quel tempo, le capacità culinarie di Kōko erano pari a zero.

Sta rivivendo tutto come se fosse ancora lì davanti ai suoi occhi. Può vedere Shiroyama che si toglie la giacca beige indossata al banchetto e arrotola le maniche della camicia bianca, le braccia muscolose che stringono la padella, il disegno delle vene visibili, le pieghe più piccole della camicia incastrata per diverse ore nei pantaloni. Shiroyama che inizia a soffriggere l'aglio nel burro, poi alza il fuoco al massimo e aggiunge la verza. Unici condimenti: sale e una generosa dose di pepe nero macinato.

«Ecco a Lei, signora. Verza saltata, pane tostato e caffè.» Il suo primo pasto da moglie di Shiroyama.

«Ha iniziato a piovere», dice Susumu, asciugandosi la fronte dopo aver posato il sacchetto di riso. Indossa una maglietta bianca con una grande freccia rossa stampata sopra e un cappellino da baseball con la visiera tirata indietro.

«Be', stai qui al riparo finché non smette. Abbiamo del succo, se vuoi», dice premurosa Matsuko.

«Ma smettila di trattarlo come un bambino!» la redarguisce Ikuko.

Susumu scoppia a ridere.

«*Guahahah*», si unisce Kōko, per non essere da meno.

Ormai non si parla più delle vecchie storie, Susumu è tornato a essere il bravo ragazzo di sempre. Meglio di prima, addirittura, più affabile, in effetti. "È la giovinezza, le cellule si rigenerano rapidamente", pensa Kōko. Ma, diciamolo, quel cambiamento d'umore di Susumu sembra essere avvenuto in modo indipendente da lei. E il pensiero che la Terra possa ruotare senza il suo consenso le è sgradito. Per questo continua a pungolarlo, nonostante abbia visto che effetto sortiscono le sue esternazioni.

«Per quanto riguarda il nostro matrimonio...»

«Noi due ci sposiamo?» risponde Susumu con un sorriso indulgente, adulto, che irrita ancora di più Kōko.

«Io preferisco l'abito da sposa, ma a seconda della situazione, può andare bene anche il tradizionale *bunkin takashimada.* E tu, Susumu, cosa preferisci?»

«Mi piace l'abito occidentale.»

«Intendi lo smoking?»

«Assolutamente sì. Giacca blu acciaio, camicia a balze, papillon in lamé a specchio: non vedo l'ora!»

È solo uno scambio scherzoso, ma lei si risente. Non che la debba prendere troppo sul serio, tuttavia anche trasformare tutto in uno scherzo la infastidisce: le contraddizioni della vita...

«Ah, santo cielo! Ti sei nascosto proprio bene, eh?» Kōko solleva una foglia di cavolo con attaccato un minuscolo bruco, lungo circa cinque millimetri. «Hai resistito fino a ora, sei stato coraggioso.» Apre la finestra della cucina per scuotere la foglia all'esterno. Dopo essersi accertata che il bruco sia atterrato, lava la foglia nel lavandino e la spezzetta a mano insieme alle altre.

È domenica mattina. Sta per soffriggere il cavolo che ha portato dal negozio la sera prima. Senza l'aglio, con un uovo aggiunto alla padella all'ultimo momento.

«Che buono!» Stamattina Kōko è più di buon umore del solito. È riuscita a cuocere l'uovo sul cavolo senza romperlo, ha messo il tutto sul pane tostato e lo ha divorato. «È impossibile fare qualcosa di più buono!»

"Cucinare è straordinario", pensa. "Non c'è bisogno di cibi di lusso, né di fare cose complicate, bastano ingredienti di qualità e la giusta cottura e si ottiene qualcosa di favoloso."

Non è una scoperta nuova. Lo ha sentito tante volte a Kokoya e tante altre volte quando viveva con Shiroyama.

Kōko finisce il suo caffè e si alza da tavola. E poiché ha voglia di telefonare a Shiroyama, elenca tutti i motivi che avrebbe per farlo. Sono parecchi. In primo luogo, lui non ha mai detto di odiarla. È solo che Megumi-chan gli piace un po' di più, non che non ami più lei.

"Per la gente comune sono una moglie cui hanno rubato il marito, eppure nutro così poco rancore verso Shiroyama e Megumi-chan! Nemmeno Matsuko e Ikuko riescono a capacitarsi di come io possa rimanere così amichevole con loro. Perciò, ho tutto il diritto di telefonargli quando voglio!"

Eppure non lo fa. Non c'è bisogno di elencare le ragioni per cui non dovrebbe farlo. Deve cercare di gestire meglio il suo attaccamento e le crisi abbandoniche. Va in salotto, facendo una deviazione per stare lontana dal telefono, poi si volta e torna in camera da letto, facendo un'altra deviazione per allontanarsi il più possibile dal telefono. Per fortuna fa la cosa giusta. Perché in camera da letto, quando vede il suo armadio rosso, di antiquariato spagnolo, un altro reperto di Shiroyama – tanto perfetto da essere *quasi odioso,* come al solito – il ricordo dell'evento del giorno precedente le torna in mente, distogliendola dal telefonare.

Kōko si guarda allo specchio. I capelli mossi da una permanente leggera, il taglio corto che le disegna una cornice rotonda intorno al viso, il colore marrone bruciato. Va regolarmente dal parrucchiere, li taglia una volta al mese, in modo che i capelli non siano secchi o crespi. È sempre stata orgogliosa anche della sua pelle fine che, va detto, è rimasta bella. Mantiene un'abitudine che aveva quando viveva con Shiroyama: ogni giorno, anche nei fine settimana e nei giorni festivi, subito dopo il lavaggio mattutino, applica un leggero strato di cosmetici.

Forse il giorno prima ha un po' calcato la mano, ma non così tanto da farsi notare, ne è abbastanza sicura.

Lo stesso giorno ha notato tre ragazze che la fissavano. Tre giovani sui vent'anni, poco dopo le due del pomeriggio, quando c'era meno gente, ed erano arrivate insieme.

Kōko le ha accolte con un sorriso e una grazia tutta sua.

«Sei tu la proprietaria, *obasan*?»

«Proprietaria non è proprio il termine giusto, ma...» ha risposto senza perdere il sorriso, mentre pensava che non era mai stata chiamata *obasan*, appellativo riservato alle vecchie signore, da ragazze che non ha neanche mai visto.

Le tre hanno incrociato gli sguardi e poi li hanno rivolti a lei, sempre più indiscreti, scrutandola dalla testa ai piedi. Come se fossero lì per fotografarla, tanto erano invadenti. Kōko non è riuscita a trattenersi dal fare un sorriso scandalosamente falso. Quando una delle tre ha ridacchiato, si è riscossa. Quelle si sono guardate di nuovo e, dopo qualche gomitata ammiccante, se ne sono andate senza salutare. Nemmeno un'occhiata ai piatti appetitosi esposti. Sul momento, era senza parole ma, ripensandoci ora, è stato un episodio di grande maleducazione.

Dopo aver fatto colazione e riordinato, osserva il cielo schiarirsi un po'. La pioggia che cade da mezzanotte sembra voler smettere. Kōko decide di uscire. Oggi ha voglia di fare la lettrice elegante nel parco. Prende un volume di Browning – non che voglia leggere proprio Browning, è solo che, per leggere nel parco, una raccolta di poesie è molto sciccosa – lo infila in borsa ed esce. Ma la panchina del parco è ancora bagnata dalla pioggia della notte, così continua a camminare e si ritrova nel centro commerciale. Passa davanti al fioraio, entra nella libreria, compra una rivista femminile con in copertina *Piatti di verdure estive, a tutta salute*, gira per le corsie del supermercato, prende gamberetti secchi e noci e una bottiglia di «salsa *jalapeño* dall'inferno», esposta in quantità in un carrello appena davanti alla cassa. All'uscita dal supermercato cambia idea e decide di prendere il vaso di minirose che ha visto nel negozio di fiori. Torna sui suoi passi, fa due chiacchiere con la fioraia, che è molto gentile e, con il vaso in una mano e la borsa del supermercato nell'altra, entra in un caffè.

È un caffè moderno, non snob, ed è la prima volta che ci mette piede. È come per le poesie di Browning, non ha particolare voglia di andarci, ma le pare che il posto sia, per così dire, in armonia con le sue sensazioni del momento. Inoltre, ha la gola secca. Studia attentamente il menu fotografico e ordina una soda alla mela: una bevanda gassata di colore ambrato chiaro con foglie di menta fresca. Ne beve un sorso e guarda le minirose sul tavolo, pensando che è riuscita a distrarsi da Shiroyama per un po'.

Il cielo si oscura di nuovo. È ora di rientrare se non vuole bagnarsi. Sta per alzarsi quando un gruppo di persone varca la porta del bar e si avvicina al suo tavolo. Le riconosce a colpo d'occhio. Sono le tre ragazze della sera prima, più una quarta della stessa età. Le quattro ragazze circondano il tavolo di Kōko. Quella che non c'era il giorno prima si mette a un passo da lei. È uguale alle altre per abbigliamento e atteggiamento, ma sembra la più forte del gruppo. Se sono una banda di bulle, quella è sicuramente il loro capo.

«Sei Kōko, quella di Kokoya, vero?» chiede il capo. Con fare sfrontato, senza alcun riguardo per l'interlocutrice che ha almeno trentacinque anni più di lei.

«Sì, sono io, Kōko, quella di Kokoya», risponde con il tono più affabile, da persona matura e tollerante, che riesce a sfoderare.

«Quindi conosci Kasuga Susumu?»

«Susumu, il ragazzo che ci consegna il riso, sì.»

«È vero che sposerai Susumu, *obasan*?»

Di nuovo, *obasan*. Lei si dice che la prossima volta che qualcuno la chiamerà così, gli insegnerà l'educazione, ma decide di soprassedere. Kōko opta per la tattica del sorriso mortale e ne sfodera uno grande, di cui solo una donna di sessantuno anni che ha assaggiato il dolce e l'amaro della vita è capace: «Certo che è vero!».

Ha capito subito tutto. E il giorno dopo, quando racconta la scena a Matsuko e Ikuko, con le informazioni aggiuntive di cui ognuna di loro è in possesso, le tre mettono insieme la storia in modo coerente. Ora devono solo aspettare la prossima consegna di riso.

«Scusami, scusami, scusami!»

Non appena viene invitato a entrare in cucina dalla porta sul retro – trascinato dentro, per meglio dire – Susumu si profonde in scuse. Le mani giunte, si prostra innanzi alle tre donne, che paiono tre piccoli Buddha.

«Non ne voleva sapere di essere lasciata finché non le avessi dato un motivo valido. E non un motivo qualsiasi. Voleva sapere i dettagli, altrimenti non mi avrebbe mai perdonato. Ma non avrei mai immaginato che sarebbe venuta a controllare...»

Le loro deduzioni erano giuste. Il capo della banda era davvero la ragazza di Susumu. Per rompere con lei, non ha trovato di meglio che dirle che si sarebbe sposato con Kōko di Kokoya.

«Ecco cosa succede quando si vive senza guardare avanti: si finisce per trovarsi in un vicolo cieco, giovanotto», dice Matsuko.

«Ci è già finito!» la corregge Ikuko.

«Scusami, scusami, scusami!»

La voce vibrante di Susumu risuona nell'atmosfera piena del dolce vapore del cavolo bollente.

Oggi: verza stufata con pancetta di maiale affumicata.

«*Guahahah*», ride Kōko.

«Kōko di Kokoya: avranno pensato che tu fossi una ragazzina carina come la Peko-chan di Fujiya sulle scatole dei dolci», commenta Matsuko.

«E la tua ragazza, ora che l'ha vista, si è convinta?» aggiunge divertita Ikuko.

«Sì. Be', voglio dire, si è arresa. Se per lasciarla sono disposto a tanto, allora...» borbotta Susumu imbarazzato.

«*Guahahah*», ride di nuovo Kōko.

«Be', ora dovrai solo assumerti le tue responsabilità», aggiunge Matsuko.

«Allora, hai detto a Kōko che ti piace lo smoking blu e la camicia a balze, vero?» continua Ikuko per rincarare la dose.

«Sai, non sono affatto arrabbiata...» conclude Kōko con un sorriso ancora più affinato rispetto a quello del giorno prima. «Mi dispiace per la tua ragazza, ma bisogna accettarlo, l'amore è più forte di tutto, che dire? Grazie per aver scelto me!»

«Perdono, perdono, perdono!» dice ancora il devoto davanti ai tre Buddha.

La domenica successiva il cielo è minaccioso. I sepali bianchi del corniolo, un po' in ritardo per la stagione, riflettono i raggi del sole. Eppure il cielo, tipico della stagione delle piogge, è molto scuro. L'inizio della stagione è stato annunciato ufficialmente il giorno prima. Avendo individuato un negozio piuttosto insolito, Kōko parcheggia l'auto sul marciapiede. Non sembra un negozio di antiquariato, ma piuttosto una rivendita di cianfrusaglie. C'è accatastato un po' di tutto, in un'indescrivibile accozzaglia di chincaglieria, fino in fondo allo stretto e lungo magazzino e strabordante ai margini della strada.

«Sembra che stia per venire giù un bello sgrullone!» dice Kōko, dopo i saluti di rito, avviando una conversazione con il baffuto gestore.

«Mah, è normale, ci siamo abituati.»

Kōko perlustra il negozio. Dato che non c'è nemmeno lo spazio per frugare tra gli scaffali, si limita a girare la testa verso il gestore seduto in fondo. Un servizio di stoviglie che deve essere stato usato per un banchetto di nozze, un orologio con i Beatles stampati sopra al posto dei numeri, un'anatra di plastica bianca con una luce rossa che si accende nella pancia. Non c'è niente che l'attragga particolarmente, tantomeno l'atmosfera del negozio. Si è fermata lì senza un vero motivo.

«Di quella ho anche la KEITH», dice il gestore, vedendo che Kōko ha preso una tazza di porcellana blu con la scritta bianca in rilievo DIANE. «Che ne dice della coppia?» aggiunge.

«Diane e Keith sono due cantanti? O cosa?» chiede Kōko.

«Boh», risponde lui. «Può darsi. O la coppia di una gang, o semplicemente due che andavano d'accordo, anche questo è possibile. La decisione sta a chi le usa.»

«Capisco.»

Kōko decide di comprare la coppia. Più che altro, per avere una scusa per andarsene. Non appena esce dal negozio, cominciano a cadere le prime pesanti gocce di pioggia. Si affretta a raggiungere l'auto per ripararsi. Nel giro di pochi istanti si scatena un vero e proprio diluvio. Il rumore della pioggia sulla macchina è assordante. Attraverso il parabrezza e lo specchietto retrovisore si vede solo un getto d'acqua costante.

«Allora, cosa facciamo adesso?» Kōko parla ad alta voce tra sé e sé nella sua auto. Mentre si allontanava da casa, si è detta che sarebbe arrivata da Shiroyama senza pensarci. Ha una gran voglia di vederlo. Ma non lo farà. Nemmeno se dovesse smettere di piovere. Muove la mano in avanti per girare la chiave di accensione, ma si blocca e prende il cellulare.

«Ehi... stai bene?»

La voce leggera e carezzevole di Shiroyama risponde prima che lei abbia il tempo di pensare.

«Sta diluviando, mi chiedevo se fosse tutto a posto lì da te.»

«Qui non piove ancora», risponde Shiroyama.

«Be', non dovrebbe mancare molto. Viene verso di te, pare.» "Come il mio cuore", sta per aggiungere, ma invece ride.

«Ho qualcosa da dirti.»

«Di che si tratta?»

Dalla sua voce intuisce che Shiroyama è in allerta.

"Puoi camuffare la voce quanto vuoi, lo sai. Non sei tu che hai perso lo smalto, sono io che ho fatto progressi", pensa. «Forse mi sposo», risponde.

«Davvero?» chiede Shiroyama dopo un breve silenzio.

"*Non male come reazione.*" «È molto più giovane di me», continua Kōko. «Per il matrimonio vuole indossare lo smoking blu e un papillon di lamé. La sua specialità è la verza saltata.»

L'ultimo punto è la verità. L'unica.

Approfittando dell'imbarazzo di Susumu, quella volta lei gli aveva detto: «Be', per farti perdonare, mi inviti a mangiare a casa tua», e Susumu aveva risposto: «Oltre a saltare la verza, non so fare nulla».

«Un uomo affidabile, dunque», commenta Shiroyama dopo un breve silenzio, e poi: «Ah, guarda, sta piovendo». Non appena Shiroyama pronuncia questa frase, Kōko riattacca. Da lei ora c'è solo una pioggia leggera. Avvia il motore. Alla prima passata di parabrezza, guarda gli oggetti in vendita all'ingresso del negozio di seconda mano, tutti inzuppati.

Nella borsa di carta sul sedile del passeggero, Keith e Diane si scambiano un bacio tintinnante. *Cachin!*

9.
MAIS

È domenica, Matsuko viene svegliata dal campanello.

Come al solito, aveva aperto gli occhi alle sei, per poi riaddormentarsi. Da qualche anno a questa parte ha preso l'abitudine di alzarsi alla stessa ora sia nei giorni feriali che festivi, ma oggi non ne aveva voglia. Ormai non programma neanche più la sveglia, sa da sé quando è ora. L'orologio accanto al letto segna le 8.50. Tardi per svegliarsi, ma presto per suonare al campanello.

«Mi scusi! L'ho svegliata?» È la padrona di casa. In cuor suo, sperava fosse Shun, pertanto è piuttosto delusa.

«Le piace il mais?»

«Be', sì...» È stata una domanda così improvvisa che ha risposto senza pensarci.

«Davvero? Fantastico! Aspetti, aspetti...»

Quando la padrona di casa e la sua voce roca tornano, Matsuko, insonnolita, con la maglietta e i pantaloni da ginnastica che indossa come pigiama, è lì come un palo davanti alla porta aperta.

«Ecco, prego!»

La proprietaria torna, riempiendo di giallo il campo visivo di Matsuko. Su un setaccio di bambù, sei pannocchie. A quanto pare, appena cotte al vapore e ancora fumanti. Mais. Adesso Matsuko è ben sveglia.

«È che mio nipote... Dovevano venire a trovarci oggi, così ho cucinato queste pannocchie di mais, ma alla fine andremo noi a casa loro. Perché nostro nipote, vedete, vuole che la nonna e il nonno vedano a tutti i costi qualcosa. Non ho assolutamente idea di cosa sia, sono tanto curiosa. Mio nipote ha quasi tre anni. Mia figlia lo ha avuto tardi. È rimasta incinta quando aveva deciso di rinunciare. Loro vivono a Naka-Meguro. Potrei portare il mais con me, ma è un po' pesante, e poi camminare per la città con il mais in mano non è il massimo, no? Quindi sarei molto felice se potesse mangiarlo lei o dividerlo con i suoi amici...»

Così spiega la padrona di casa.

"Caspita! Non immaginavo che parlasse tanto!" L'impressione che Matsuko aveva dei padroni di casa fino a quel momento non era poi così negativa, ma si è sempre tenuta a distanza da loro. La coppia di anziani proprietari dell'appartamento, la cui immagine fino a quel momento è stata come una sfumata pittura in bianco e nero, all'improvviso prende colore. "Forse anche per loro io sono una sagoma sbiadita sullo sfondo." Matsuko guarda di nuovo il mais giallo ancora caldo. Questa apparizione improvvisa, in questo giorno particolare, è come un segno, un oracolo.

Mais. Proprio per il mais, infatti, Shun si era allontanato da Matsuko una trentina di anni prima, così almeno lei credeva. E Matsuko lo ha scoperto solo pochi giorni fa, il giorno di quel picnic sotto i ciliegi in fiore.

Segno divino o no, Matsuko decide di mangiare due pannocchie. Una a colazione, ancora calda, con sale e burro. E un'altra la sera, in pastella con altri ingredienti, friggendone i chicchi nel *kakiage*.

Sei sono comunque tante; così, il giorno dopo, lunedì, porta al lavoro le altre quattro.

«Cielo, così grandi?»

«Gratinate con prosciutto o pancetta non sarebbero male.»

«Molto buone, con un sapore un po' antico. I semi sono grossi e carnosi. Anche mescolati al riso...»

«Potremmo tostarne una intera e tenerla per noi...» L'accordo viene raggiunto in un attimo. Quando finiscono il loro pasto, verso le tre e mezzo del pomeriggio, della pannocchia è rimasto solo l'interno. La cucina odora di mais arrostito. Le tre donne, disposte affiancate al grande lavello, si stanno lavando i denti. Perché, come si conviene per chi lavora in cucina, tutte e tre hanno spazzolino e tubetto di dentifricio in negozio.

«Ma come fate ad avere denti così belli da vergognarsi?» dice Matsuko all'improvviso, senza trattenere la sua ammirazione.

«Oh, sì, i miei sono forti! Punto all'obiettivo 80-20. Arrivare a 80 anni con 20 denti... ne ho in abbondanza», dice Kōko.

«A me costano una fortuna, i miei denti. Perché da piccola li avevo deboli e rovinati, quindi so cosa vuol dire. I miei genitori mi dicevano sempre che con il solo conto del mio dentista avremmo potuto comprare una casa», replica Ikuko.

«Anche tu hai dei bei denti, Matsuko. Abbastanza buoni da sgranocchiare mais a volontà, come hai fatto ora», commenta Kōko.

«Be'...» ammette Matsuko solenne. «Perché ho fatto estrarre un sopraddente.» Quel dente accavallato le era stato tolto poco prima dei quarant'anni. Su quello accanto si era sviluppata una carie per cui era andata in una clinica odontoiatrica, dove se lo era fatto estrarre. Ripensandoci oggi, quel dentista era stato un po' maldestro. Matsuko ha anche sentito dire che non bisogna mai tirare via i sopraddenti ma, in ogni caso, ora può sgranocchiare pannocchie senza pensieri. È stata una sorpresa, e una gioia, soprattutto perché ha sempre ignorato il grande significato che quel dente aveva avuto nella sua vita.

Oltre il fitto fogliame del boschetto, si vede la casa dei proprietari. La finestra è aperta e si sente parlare. Matsuko suona il campanello, cosa che non ha mai fatto prima.

«Ehm, ecco. L'ho fatto con il mais che mi ha dato, che era molto buono...»

«Oh, un gratin! Sembra delizioso!» Gli occhi della padrona di casa brillano di piacere mentre accetta il contenitore che Matsuko le porge. Forse è più amichevole di quanto abbia immaginato, dopo tutto. Matsuko si ritrova a sorridere. «Mio marito potrebbe anche assaggiarlo, chissà. Perché, capisce, non ha denti, per lui è impossibile masticare le cose.»

«Lo scaldi leggermente nel microonde, prima di servirlo.»

«Grazie, è molto gentile da parte sua. Lei lavora in un ristorante, giusto?»

«Non è proprio un ristorante, è un chiosco, una tavola calda.» Sta imitando il suo modo di parlare, di riflesso. Pensandoci bene, comunque, non le ha mai detto dove si trova Kokoya, cosa che perciò si affretta a fare.

«Oh, bene, è lì che si trova, quindi ci farò un salto la prossima volta», dice la signora. Poi, con un'esclamazione, aggiunge: «Ah, ma aspetti!». E la lascia sulla soglia per sparire in casa. Torna un attimo dopo con una bottiglia di vino e una manciata di fotografie del nipote. Il marito della figlia è un grossista di vini. Ma più che su questo argomento, si sofferma sui dettagli di ogni foto del nipote.

Matsuko, con un sorriso, una volta rientrata nel suo appartamento, come prima cosa, stappa la bottiglia di vino appena ricevuta.

Ha rifiutato l'invito di Kōko ad andare da Arashi per tornare presto a casa, poiché aveva il sentore che l'avrebbe chiamata Shun anche senza un impegno preciso, come accadeva ultimamente.

Pensa di aspettare un po'. "E se non mi chiama lui, lo faccio io." Recentemente si è liberata della tensione e dei tentennamenti di un tempo. A poco a poco, la situazione sta evolvendo, come una pellicola protettiva che si stacca delicatamente, anche se questo non garantisce che tutto vada nella direzione giusta.

Il vino è italiano, con un delizioso aroma fruttato. Dopo qualche sorso, Matsuko avverte un leggero languore. Aveva portato il gratin per lo spuntino della sera, ma dato che lo ha offerto ai padroni di casa, cerca qualcosa nel frigorifero. Quando squilla il cellulare sul tavolo, si precipita a rispondere.

«Sì?» dice con tutta la calma possibile. Negli ultimi tempi ha fatto dei progressi in questo genere di dettagli.

«Ehi, non sta suonando qualcosa?» esordisce Shun.

«No, no, niente di niente», risponde Matsuko, correndo verso il frigorifero per chiudere la porta che aveva lasciato aperta.

«Sei ancora al lavoro?»

«No, sono a casa.»

«Cosa stai facendo?»

«Sto bevendo un bicchiere di vino.»

«Wow, che classe!»

«Un regalo della mia padrona di casa. Pensa che era la prima volta che le parlavo.»

«Ottimo, allora.»

"Ah, stiamo conversando, stiamo conversando, stiamo conversando." Matsuko scoppia di felicità. "Stiamo conversando normalmente, senza un motivo particolare."

«Ti andrebbe di andare al cinema? Mi hanno regalato dei biglietti», aggiunge Shun.

Matsuko sta per svenire dalla gioia. «Sì, volentieri.»

«Quando andiamo? Sono libero sia sabato che domenica.»

«Anche io...» Non ha ancora finito la frase quando si ricorda di aver preso un impegno per sabato. «Facciamo domenica. Domenica pomeriggio. E dopo ceniamo insieme, che ne dici?»

All'altro capo si sente il rumore di pagine sfogliate. «Ottimo, c'è una proiezione alle tre e venti.»

Alla fine della conversazione, dopo aver chiuso la chiamata, Matsuko esulta con il pugno chiuso, come se avesse segnato un punto decisivo in un match all'ultimo sangue. Non ha nemmeno chiesto il titolo o l'argomento del film: non ha nessuna importanza.

È il giorno della gita aziendale, pagata con i dividendi del distretto commerciale in cui si trova Kokoya. Così l'intero staff parte per un fine settimana alle sorgenti termali di Gumma, una decisione annunciata all'ultimo momento da Kōko, come al solito.

«Domani mattina presto torno a casa», dice Matsuko seduta sul sedile posteriore dell'auto di Kōko. È sabato. È in viaggio da meno di dieci minuti, dalla rotonda davanti alla stazione dove è salita. Kōko è al volante, Ikuko accanto a lei.

«Ma perché? Be', c'è il Safari Park, il campo da minigolf e il maneggio con i pony, quindi ci sono un sacco di posti per divertirsi!»

«Be', prima di tutto non voglio andare al Safari Park, e i pony non avranno una gran voglia di prenderci in sella. Quindi vado a casa comunque. Ho un impegno.»

«Stai rovinando l'atmosfera, Matsuko.» Kōko brontola un po', ma torna subito in sé. Si sarebbe divertita con Ikuko e questo è quanto.

Bene. Matsuko si rasserena e comincia ad avvertire una certa soddisfazione. "Ehi, sono impegnata. Più impegnata che mai, in effetti."

«Allora, Matsuko, mi dai il cambio alla guida?»

Senza capire cosa intenda Kōko con *allora*, Matsuko risponde giuliva: «Se vuoi... Ti avverto, però, che non prendo in mano un volante da quando ho preso la patente quarant'anni fa», aggiunge con un sorriso.

«Che diamine!» esclama Ikuko.

«*Ahahaha*», ride Matsuko, cui si aggiungono le altre due con un po' di ritardo.

«Servono stimoli per staccare dalla routine quotidiana», spiega Kōko mentre entrano in autostrada. È esattamente quello che ha detto quando ha annunciato questo viaggio qualche giorno prima.

Matsuko e Ikuko annuiscono ciascuna alla propria maniera.

"Stimolo... Come la pesca dei crostacei, il picnic sotto i ciliegi in fiore e la festa per l'undicesimo compleanno del negozio." A questo punto delle sue riflessioni, Matsuko si rende conto di una cosa: «Come mai non hai invitato Susumu?».

«Be', no», risponde Kōko come se fosse ovvio.

«Sono sorpresa», commenta Matsuko.

«Infatti», incalza Ikuko.

«*Uhmm*», fa Kōko. Ma è un *uhmm* dovuto all'accelerata con sterzata, che si è resa necessaria per sorpassare due autobus turistici. Poi aggiunge: «Mi è un po' passata la scuffia: credo che sia ora di lasciarlo andare».

La pensione, né nuova né vecchia, si trova in un modesto villaggio di sorgenti termali sulle rive di un torrente di montagna. Iniziano il programma facendo un bagno nella piscina comunale all'aperto scavata nel letto del fiume. Poi si siedono intorno a un tavolo nella dépendance a loro riservata per il pasto serale. Be', *dépendance*... è una parola grossa per un edificio prefabbricato che ricorda le aule aggiuntive costruite in fretta e furia per ospitare gli studenti in eccesso della scuola secondaria.

«Ikuko, bevi una birra con noi, stasera?» chiede Matsuko quando tutto il cibo arriva in tavola.

«Be'... *Sashimi*, *tempura*, una piccola pentola su un fornelletto...»

Si legge la delusione sui loro volti.

«*Beviamo qualcosa e ci sembrerà Kyoto*, come si dice...» Kōko serve la birra a tutte. Con tutti e tre i bicchieri pieni fino all'orlo, brindano.

Matsuko, di ora in ora, diventa sempre più malinconica. Forse per via di Ikuko che è passata dalla birra allo *shōchū* e beve in continuazione, o per il tonno rosso mezzo scongelato, il *tempura* che sa di bicarbonato e l'aspetto poco appetitoso del resto.

«Mi sento proprio bene!» Crede di pensarlo, ma forse a causa dell'alcool le sfugge di bocca.

«Cosa ti è preso all'improvviso? *Ahahah*», ride Ikuko.

«A proposito...» interviene Kōko, «cosa sta succedendo tra te e il tuo *Tesoro*?»

«Cosa sta succedendo...?» ripete Matsuko, con una smorfia che ha lo scopo di mascherare il grande sorriso che le sale incontenibilmente alle labbra.

«Succede, Matsuko, che tu e il tuo *Tesoro* avete una relazione carnale? O no?» E questa volta la domanda viene da Ikuko.

«Carnale?» Matsuko quasi si strozza con la fetta di polpo marinato che sta masticando.

«Bella domanda, Ikuko! Anche io voglio saperlo», le fa eco Kōko.

«Ma niente, non succede niente.»

«Davvero? Be', da un po' di tempo sei particolarmente radiosa, quindi ho pensato...»

«Sono sicura che stanno facendo progressi. Direi che sono alla fase due o tre.»

«Aspetta, aspetta, Kōko, Kōko... non si dice più "fase due, tre..." al giorno d'oggi.»

«No? E come si dice, allora?»

«Si dice aver fatto il "servizio completo".»

«Cosa intendi dire? "Servizio completo"?»

Proprio in quel momento la porta scorrevole si apre ed entra la cameriera. Quando accende il fornello a gel combustibile, c'è già silenzio.

«Potete mangiare appena si alza il bollore...» Tutte e tre annuiscono ridacchiando.

Nell'istante in cui la cameriera si allontana con aria sospettosa, Ikuko prende il suo bicchiere di *shōchū* e lo svuota. I cubetti di ghiaccio tintinnano.

«Se posso chiedere, che tipo di relazione avete tu e il tuo lui? Stasera devi dirci tutto...» dichiara Ikuko in un tono categorico che non prevede replica.

«Sì, stasera devi sfogarti», incalza Kōko, con gli occhi che le brillano. Su invito di Ikuko, Matsuko prende il suo bicchiere e lo svuota. Lo rimette giù. Si lascia sfuggire uno schiocco. È segno che vuole vuotare il sacco? Non lo sa neanche lei. Gli aromi cominciano a salire dalla pentola.

Era stato un giorno segnato dal colore giallo. Il giorno del destino. Matsuko aveva ventidue anni. Più di trent'anni prima. E in tutto questo tempo, non si è mai accorta di nulla. Fino a poco tempo fa. Il giallo era il colore dei fiori. Ricoprivano i campi. Come piccoli girasoli. Era anche il colore del mais. Era il giorno della festa al santuario, ambulanti e bancarelle stavano in mezzo ai fiori che, a pensarci bene, dovevano essere una varietà di camomilla. E a pensarci ancora meglio, da quel giorno l'atteggiamento di Shun era cambiato completamente. Non che da allora non si fossero più visti da soli, ma non c'era più alcuna vibrazione tra loro, e se lei gli parlava, lui alzava gli occhi al cielo o rispondeva con un'espressione arrabbiata. Non le chiedeva più di uscire e, se lo faceva lei, lui rifiutava con un pretesto.

Dopo poco aveva smesso di avere contatti. Lei gli scriveva lettere, ma lui non le rispondeva mai. Allora era andata a casa sua e le avevano detto che non c'era. Aveva immaginato che fosse malato, invece stava per sposarsi. Matsuko pensava che la freddezza di Shun fosse dovuta al fatto che aveva conosciuto la donna che sarebbe diventata sua moglie. Ma non era affatto così. La colpa era del mais: l'altro giorno, al picnic, Shun gli aveva detto la verità.

Matsuko comincia a raccontare: «Viveva dall'altra parte della strada rispetto a me, due case più in là, con il nonno, la nonna, la madre, il padre e due sorelle minori. È più giovane di me di due anni e alle elementari ero sempre io a proteggerlo. Perché frequentavamo la stessa scuola. Ma dalle medie in poi è stato lui a proteggere me. Perché, come sapete, sono il tipo di persona che si fa tanti nemici».

«Matsuko, Matsuko... ma questo già lo sappiamo», interviene Ikuko bruscamente. Il combustibile è finito da un po' e il contenuto della pentola, appena toccato, sta lì freddo, sfatto.

«Vogliamo sapere la storia della pannocchia. Perché non hai mangiato il mais, Matsuko?»

«Perché avevo paura che i chicchi si incastrassero nei miei sopraddenti.»

«*Ahahah*», ride Kōko di gusto.

«Oh, cielo!» sospira Ikuko empatica.

Matsuko si versa un bicchiere dalla seconda bottiglia di *shōchū*.

«Be', cosa c'è di sbagliato? Cosa non è piaciuto al tuo *Tesoro*? Pensava che tu fossi una snob perché non mangiavi mais?»

«No, non è per quello. Si era spaventato.»

«Davvero? I tuoi denti storti lo spaventavano?»

«Anche io credevo così, ma sembra che fosse per un motivo diverso.» Matsuko cerca di spiegare, ma non è del tutto sicura di aver capito cosa intendesse Shun. Le aveva detto: «*All'improvviso, mi aveva assalito la paura. Se ci sposassimo, dovrei accettare tutto nella sua interezza, è questo che mi ha spaventato. No, dunque, non i denti storti, non il fatto che non mangi il mais, il fatto che dovevo accoglierti, tutto o niente. Quello era il problema*».

«Che cos'è questa storia? Si è sposato, povero *Tesoro*, non è vero? Con un'altra...» commenta Kōko, scuotendo la testa.

Ikuko, con la mano sulla guancia e gli occhi socchiusi, finge sorpresa. «Ma che sciocchezza, cosa c'entra il mais?» e chiude di nuovo gli occhi.

Matsuko vorrebbe spiegare meglio, ma le altre due hanno già sentito abbastanza. Beve un sorso di *shōchū* e ripete a sé stessa le parole di Shun. "*Ciò che mi spaventava era l'idea di sposarti. Con un'altra non avrei avuto paura. Avevo pensato di dovermi sposare, un matrimonio combinato. Ma non ha funzionato. Non è durato a lungo, perché lei non mi spaventava.*"

Matsuko deve tornare a Tokyo in treno molto presto la mattina. Non ha quasi dormito quando ha lasciato la pensione. Con i postumi della sbornia, arriva al cinema completamente esausta. Ma questo non le impedisce di sentirsi frizzante quando vede Shun.

"Ora è qui. Shun mi sta aspettando." Si sente così felice che, in cuor suo, la sua decisione è presa.

«Ciao, Shun.»

Il gesto della mano di lui trasmette già tutta l'intimità che lei aspetta. È talmente felice da dire: «Sei così piccolo, eppure anche a cento metri di distanza ti riconoscerei».

«Non è questione di piccolo... Anch'io ti ho riconosciuta subito.»

«Davvero?»

«Non è difficile, l'unica che brilla tra la folla sei tu.»

«Ma che dici?»

«Sì, i tuoi occhi brillano, anzi luccicano sarebbe più preciso dire, credo.»

Con questa conversazione entrano in sala e, fino all'inizio della proiezione, Matsuko non chiede neanche di che film si tratti. Non appena appaiono le prime scene, però, si rende conto che questo è il tipo di film che non si addice al postsbornia.

Ops! Matsuko ha un sussulto, riapre gli occhi e si rende conto che la storia non è andata granché avanti da quando si è abbandonata al sonno. La stessa figura maschile cammina in silenzio nella stessa landa desolata. Matsuko guarda discretamente al lato. Shun, con gli occhi spalancati, è molto preso. Fa anche cenni con il mento, forse nel film sta succedendo qualcosa. Ma cosa? A parte qualche uccello che vola in cielo... Sì, le piace questo genere di storie, pensa Matsuko, colpita da un altro attacco di stanchezza. Ci sono ancora tante cose che non sa di lui. Sa che poteva mangiare un'intera pannocchia, ma ci devono essere almeno una o due cose che odia. Di notte, dorme in pigiama o in mutande? Lo ignora. Al mattino, cosa mangia per colazione? Caffè e pane tostato? O riso e zuppa di *miso*? Non lo sa. Davvero ignora molte cose.

"Capisco la paura. E tutto ciò che non so o non ho capito. Lo capirò. Ma non scapperò. È deciso. Prendo tutto."

Questa volta è completamente sveglia.

Scena notturna: l'uomo ha acceso un fuoco ai piedi di una roccia. Primo piano delle fiamme. Accanto a lei, Shun annuisce di nuovo. Matsuko soffoca un piccolo sbadiglio e chiude di nuovo gli occhi. Inclina la testa e l'appoggia sulla spalla di Shun. Lui non si muove, non sembra minimamente sorpreso. Un po' artificioso, forse, ma lui non la allontana: buon segno.

Deciso.

Prima fase: okay.

L'ha promesso a Kōko e Ikuko, ieri.

Vada come vada, oggi arriverà alla terza fase: *servizio completo.*

10.
CETRIOLI E DINTORNI

Ikuko affetta decisa i cetrioli, quelli che coltiva sulla sua veranda e che avrebbe dovuto raccogliere un po' prima, per evitare che si riempissero di semi. Raschia i punti in cui ce ne sono troppi, per poi tornare ad affettare. Dopo averli salati, decide di farli *wafū*, marinati alla giapponese.

In un condimento di *shōyu*, aceto di riso e un po' di *mirin*, aggiunge un pezzo di alga *kombu*, un po' di zenzero e uno spicchio d'aglio: pronti da mangiare in mezza giornata.

Apre il frigorifero e mette dentro il suo vasetto di cetrioli marinati. Accanto c'è un altro barattolo, sempre di cetrioli marinati, ma alla cinese, con aceto dolce e pepe, preparati qualche giorno prima. Ne ha mangiati il giorno prima e quello prima ancora, ma nel barattolo ne è rimasto circa un terzo.

"Coraggio", si dice mentre versa il resto del barattolo su un piatto. Quello è il suo pasto serale.

Ha interrato due piantine in una cassetta per il pesce, ma queste hanno cominciato a crescere e crescere e hanno preso una tale energia! Ogni mattina ci sono nuovi cetrioli. Per quanto si impegni a raccoglierli, non riesce a starci dietro. Non riesce a lasciarli marcire o a buttarli via, quindi si sforza di mangiarli, al punto che si chiede se alla fine la sua faccia non diventerà verde. Ha trovato queste piante alla fine del lungo ponte di maggio e le ha comprate senza pensarci due volte. Le ha viste nella vetrina del negozio di fiori e ha detto: «Me ne dia due».

Ne pianta ogni anno. Ah, be', l'anno scorso, l'anno in cui

Shunsuke è morto, non l'ha fatto. Non che non volesse farlo, semplicemente non se n'è ricordata. Ma dopo un anno, sta cominciando a ritrovare il suo equilibrio, sia fisico che mentale: così le sembra.

Immersa nei suoi pensieri, Ikuko sgranocchia un pezzo di cetriolo agrodolce. Si sente come liberata della sua pelle. In ogni caso, ha perso l'equilibrio trentacinque anni fa, quando è morto suo figlio. La perdita dell'equilibrio non le ha impedito di andare avanti, ma la morte di Shunsuke ha provocato un cambiamento nei suoi ingranaggi interni, una sensazione davvero bizzarra. E ora, a distanza di un anno, tutto sta cambiando di nuovo.

"*Tutto ciò che si muove è destinato a cambiare*": questo pensiero le procura un certo piacere. Comincia a lavare un piccolo taro, canticchiando tra sé e sé. Per questa sera, oltre ai cetrioli, cucinerà una zuppa fredda *noppeijiru* con melanzane e gamberetti. E magari un uovo strapazzato con pomodoro, perché no? Ha appena sbucciato il taro quando squilla il telefono.

«Shunsuke è morto.»

È passato molto tempo dall'ultima volta che ha dovuto pronunciare questa frase. È uno dei vecchi compagni di classe di suo marito. Sta curando l'annuario per il centenario della fondazione della scuola, spiega. Dopo aver appreso della morte ed espresso le sue condoglianze, passa all'argomento vero e proprio della telefonata.

«Una foto...?» Ikuko si volta verso la stanza accanto.

«Ancora cetrioli?!» esclama Kōko, addentandone un pezzo marinato nello *shōyu*.

«Parola mia, stai cercando di disgustarci!» aggiunge Matsuko, sgranocchiandone una fetta.

«Le piante sono straordinarie. Basta dare acqua e crescono a dismisura!»

Le reazioni delle due colleghe non la disturbano. Preferisce dire quello che sente.

«Ci sono anche piante che muoiono se non ci si prende cura di loro. Come me, per esempio. *Ahahahah.*»

«Se tu fossi una pianta, credo che cresceresti così velocemente che finiresti per infestare tutta la Terra!»

«Quello è Alien!»

L'estate è arrivata. Solo pochi giorni fa, era freddo; poi all'improvviso, a fine luglio, è scoppiato il caldo. Per quanto usino l'aria condizionata, i fuochi della cucina fanno sudare. Ikuko ha una cosa da chiedere alle altre due: esaurito l'argomento cetrioli, può essere il momento giusto. Sta pensando di procedere, quando in cucina cala il silenzio.

Ikuko realizza una cosa strana: quando sono assieme, mentre aspettano che una di loro parli, cala sempre un silenzio tombale. Scruta il calendario: 6 agosto, venerdì. Si schiarisce la voce e dice: «Per la festa di O-bon, la prossima settimana, che farete?».

Kōko e Matsuko si voltano piano. «Vero!» dice la prima; «Boh», le fa eco l'altra.

Poi si scambiano uno sguardo per vedere chi parlerà per prima, finché Matsuko dice: «Be', farò quello che si fa durante le celebrazioni dell'O-bon».

«E come le passi le feste di O-bon?» chiede Kōko.

«Andiamo in gita, naturalmente!» esclama Matsuko.

«In gita? Davvero? Con chi?» fa Ikuko.

«Vai con *Tesoro*?» chiede Kōko, leggermente seccata.

Il volto di Matsuko si addolcisce in un sorriso.

«Sembra che il piano sia questo. Non c'è ancora nulla di certo, perché con quell'uomo non si sa mai, eh?»

«Lo chiama "quell'uomo"...» dice Kōko.

«Infatti, noi che ne sappiamo del suo carattere?» aggiunge Ikuko, interpretando la manovra di Matsuko come un segno che lei ha colto l'occasione per fare questo annuncio, mentre Kōko è probabilmente più interessata a organizzare una cosa a tre come l'ultima volta. Le dispiace per lei, che pure sta aspettando il momento giusto per proporlo, ma poi: «Be', se Matsuko sta per fare un viaggio, potrei farlo anch'io...» dice Ikuko.

«Con chi? Dove?» chiede Matsuko.

«Mah, per conto mio. Per tornare alla base, diciamo.»

L'ha detto un po' così, a caso, ma il solo fatto di esternarlo trasforma una semplice idea in una decisione.

«Kōko, tu che farai?» chiede Matsuko.

«Be', se voi due andate fuori, lo farò anch'io», dice Kōko, a bocca stretta.

Ikuko esce in veranda e cerca due cetrioli della giusta dimensione.

Poi, con una lattina di birra e un piatto di cetrioli sottaceto – alla cinese, con un po' di salsa *tianmianjiang* – senza dimenticare gli stuzzicadenti, entra nella stanza da sei tatami. Da qualche tempo, quando viene invitata, passa la serata da Arashi con Kōko e Matsuko e, in caso contrario, torna a casa a bere birra come prima. L'unica differenza è che non si obbliga più a bere quando non ne ha voglia. Quando si beve senza voglia, la birra non è altro che acqua amara: non è buona. È stata una scoperta recente. Così, mentre beve una deliziosa birra, Ikuko pianta stuzzicadenti in due cetrioli creando due cavalli che poi posiziona davanti alle foto del figlio e del marito.

Un cavallo fatto con il cetriolo e un bue con la melanzana: è questa l'usanza. Ikuko viene dalla campagna e il ricco altarino buddhista in casa è sempre decorato con una lanterna di carta e le due statuette, il cavallo e il bue, al momento dell'O-bon, la Festa dei morti. I due animali sono coloro che accompagneranno il defunto in visita ai suoi cari ancora in vita. Il cavallo, veloce, riporterà rapidamente il defunto a casa; il bue, lento, lo ricondurrà senza fretta nell'aldilà.

Anche dopo aver lasciato la sua famiglia, Ikuko ha sempre predisposto le offerte secondo la tradizione. Da trentacinque anni, da quando suo figlio Sō è morto, non ha mai mancato di assolvere a questo dovere. Vuole che torni a cavallo, e che riporti anche lei indietro, con lui.

Una volta lo aveva detto anche a suo marito. Lui aveva riso di lei perché era terribilmente seria nel realizzare la statuetta, e si era arrabbiata oltremodo.

«Sto facendo un cavallo forte, che possa riportami indietro assieme a lui!» Si era pentita delle sue parole non appena le aveva pronunciate. Era troppo tardi. Shunsuke non aveva detto altro, ma il suo sorriso ingenuo era svanito. Era diventato cupo e triste.

Se ne pentiva ogni volta. Ma non poteva farne a meno. E per Shunsuke doveva essere davvero insopportabile. Davanti alle sue esternazioni aggressive e accusatorie, solitamente si ammutoliva, ma solo una volta – la misura era davvero colma, senza dubbio – le aveva detto: «Ci separiamo?».

"Ci separiamo? Davvero stare con me è così doloroso?"

«No!» Aveva ribattuto lei sul momento. Il fatto che suo marito potesse dirle una cosa del genere l'aveva raggelata, ma lo shock non le aveva fatto aprire gli occhi. Era rimasta ferma sulle sue posizioni.

«Oh, vuoi scappare, vero? Ma è fuori discussione. Se pensi di farla franca, non darò mai il mio consenso!» Aveva pronunciato queste parole cercando di dissimulare il tremolio della voce, ma lo pensava davvero. La morte e il ricordo del figlio non avrebbe potuto affrontarli da sola. Per questo, l'anno prima, quando Shunsuke era morto, si era sentita piena di rabbia. Ebbene, lui era riuscito comunque a fuggire. L'ira era stata molto più forte della tristezza, tanto che non sapeva bene come fare.

Svuota la lattina di birra, guarda la foto del figlio, poi quella del marito. Ha preparato un cavallo di cetriolo per ciascuno. "Il bue non c'è, ma non dovete mica tornare indietro per forza", pensa. "Salite in sella e venite da me, per starmi sempre accanto, sempre."

Le sembra che Shunsuke le stia sorridendo dalla foto. È uno scatto di poco prima della sua morte, erano in montagna con una coppia di amici. La foto lo ritrae intento a conversare. Un'espressione felice sulle labbra, rilassata, senza dubbio possibile.

L'ex compagno di classe di Shunsuke, che ha telefonato qualche giorno prima, ha chiesto se poteva avere una foto. L'annuario elenca quattro nomi per pagina, e nello spazio riservato a ciascuno di essi c'è una breve biografia, una foto del ragazzo e un'immagine della sua famiglia. Potrebbe fornire questa, ma la cornice rimarrebbe vuota.

Deve sbrigare questa piccola incombenza, pertanto decide di cercare un'altra foto. Ma, soprattutto, continua a ripetersi che deve farlo: tirare fuori la scatola di tela in fondo all'armadio, che contiene quasi quarant'anni di foto della loro vita insieme, scattate da loro o che li ritraggono.

"Devo tirarla fuori." Si sente come se per trenta o quarant'anni avesse pensato solo a quello.

All'inizio non è così affollato per essere il periodo dell'Obon, ma a ogni coincidenza il treno si riempie sempre di più. È pieno di gente in viaggio verso le valli delle montagne occidentali, e ai turisti si aggiungono i locali che tornano a casa. Per evitare un gruppo di mezza età con lo zaino in spalla decide di spostarsi verso la fine del vagone, quando, poco lontano, una giovane donna si alza e le viene incontro per cederle il posto. «Grazie mille.» La ringrazia, anche sul momento la cosa la sorprende. Solo quando si siede e si sente comoda apprezza la gentilezza.

La giovane donna sembra accompagnata. Per non creare imbarazzo, entrambi si allontanano un po'. Una coppia di innamorati, senza dubbio. O di giovani sposi.

Più di trent'anni fa, quando aveva circa la stessa età della ragazza, aveva preso lo stesso treno per andare nello stesso posto di oggi. Era più o meno la stessa ora, verso le nove del mattino. Anche quella volta qualcuno le aveva ceduto il proprio posto. Un signore anziano. E poiché sua moglie era seduta accanto a lui, era rimasto in piedi di fronte a lei. Le due mogli sedute una accanto all'altra, i due mariti di fronte a loro, si erano scambiati qualche parola.

«Quanti mesi?» le aveva chiesto la moglie dell'uomo.

«Quattro mesi», aveva risposto lei.

«Ha un buon occhio», aveva detto Shunsuke, con un tono al tempo stesso ingenuo e stupito. La pancia di Ikuko non si notava ancora.

«È l'esperienza», aveva risposto la signora, ridendo.

«Non è la moglie a mostrarlo, ma l'atteggiamento del marito!» aveva spiegato l'uomo.

Il gruppo con gli zaini scende alla stazione che porta il nome della montagna locale. All'improvviso la carrozza si svuota. Probabilmente, anche la temperatura scende di diversi gradi.

Ikuko prende la busta dalla borsa che tiene in grembo. La busta contiene una decina di fotografie di Shunsuke. Alla fine ha deciso di lasciare dov'è quella sullo scaffale. Per l'annuario, deve sceglierne un'altra, solo che è indecisa. Ma non è tanto per l'ex compagno di scuola di Shunsuke, con cui ha un appuntamento oggi, quanto per sé stessa, che ha scelto queste foto. Infatti, da quando ha tirato fuori la scatola dall'armadio e aperto il coperchio, ha passato ogni sera a guardarle. Non voleva vederle, non poteva, si andava ripetendo. Be', le era bastata una sola volta per liberarsi di queste remore e ora non ne ha mai abbastanza di guardarle ancora e ancora. Ha selezionato le foto di Shunsuke dalla sua giovinezza, all'inizio del loro matrimonio, fino all'anno della sua morte (la persona che le aveva chiesto di farlo le aveva chiesto una sola foto recente).

Shunsuke che mangia, Shunsuke al mare, Shunsuke in

montagna, Shunsuke con Sō in braccio, Shunsuke davanti a un tempio, Shunsuke in un prato, Shunsuke in *yukata* durante una gita alle terme. Shunsuke che guarda la macchina fotografica e sorride timidamente, oppure che ride felicemente, o assorto in qualcosa, mentre guarda o ascolta qualcuno, serio come un bambino. Che sorpresa per Ikuko! Certo, non si fotografa qualcuno quando litiga o è di cattivo umore, ma non si aspettava una tale abbondanza di immagini di Shunsuke felice. E non solo quando Sō era vivo, ma anche dopo. Dopo la morte del figlio, erano rimasti rinchiusi in casa per qualche tempo, prostrati. Ma quando finalmente erano riemersi, avevano riso di nuovo. Se le piante hanno bisogno di acqua per crescere, gli esseri umani hanno bisogno di ridere. Credeva di saperlo da tempo, ma queste foto ne sono la prova. Ci sono anche molte foto sue. Be', anche lei rideva. Ha persino trovato una foto di lei e Shunsuke che si sorridevano a vicenda. Ha scoperto una persona che non conosceva.

«La signora Kashima, giusto?»

Ha deciso che avrebbe telefonato al signor Ishii, ex compagno di classe di Shunsuke, quando sarebbe arrivata alla stazione, ma mentre cerca una cabina telefonica, si sente chiamare per nome. Il signor Ishii è un uomo dall'aspetto raffinato, con una capigliatura bianca e abbagliante.

«L'ho riconosciuta subito», spiega Ishii, ridendo. «Una persona senza cellulare, oggi, non può che essere la moglie di Shunsuke.»

«Mi dispiace disturbarla durante le vacanze di O-bon», si scusa Ikuko, rassicurata dal fare dell'uomo.

«Niente affatto, niente affatto, sono io che dovrei scusarmi per averle fatto fare tutta questa strada per una foto. E, sa, ora che sono in pensione è come se ogni giorno fosse una vacanza. O-bon o no, non ho programmi particolari. È stato un gran piacere venirle incontro.»

«*Le porterò alcune fotografie di Shunsuke*», aveva ventilato

Ikuko al telefono. «*Ne approfitterò per fare un giro nei luoghi in cui Shunsuke ha trascorso la sua giovinezza.*»

Nella sua mente, questo significava fare un giro da sola, una volta che gli avesse consegnato la busta, ma Ishii gli è venuto incontro alla stazione con la ferma intenzione di farle da guida.

«Tanto più che a camminare con questo caldo si rischia di svenire!»

Sale sulla bicicletta che ha parcheggiato alla stazione e le indica il portapacchi come se fosse la cosa più naturale del mondo. Ikuko reagisce sorpresa, ma si lascia convincere.

«Suggerisco di andare prima al nostro liceo, poi di visitare le attrattive locali e di tornare alla stazione, va bene? Non ci impiegheremo molto.»

Ikuko mette la borsa nel cestino davanti alla bici e si siede in stile amazzone sul portapacchi. Non si vede proprio ad abbracciare da dietro un uomo che incontra per la prima volta. Si aggrappa timidamente al bordo della sella. La bici fende l'aria. Il sole batte forte, ma Ishii guida abilmente all'ombra, quindi non è così caldo.

«È la prima volta che viene qui?»

«No, ci sono già stata all'inizio del nostro matrimonio.»

Ma poi non era più tornata. La suocera viveva da sola in una grande casa di legno con giardino, poi era andata a stare con il figlio maggiore e la nuora. La casa e il terreno erano stati venduti. In quell'unica visita – anche perché lei era incinta – aveva visto solo la strada dalla stazione alla casa. Ma oggi, mentre Ishii pedala e il paesaggio attorno scorre a un ritmo lento, in alcuni momenti sente una sorta di nostalgia, o un senso di *déjà-vu*, e si guarda intorno con gli occhi spalancati.

In meno di dieci minuti sono alla scuola. Al pensiero che avrebbe impiegato almeno trenta minuti a piedi, Ikuko ringrazia nuovamente Ishii per la sua gentilezza. Alla fine di un sentiero costeggiato da grandi alberi, ginkgo e zelkova, ci sono un grande spiazzo e un edificio moderno di forma molto semplice. Alcune studentesse si stanno allenando con gli ostacoli.

«L'hanno ricostruito circa vent'anni fa, quando è diventato un istituto misto», dice Ishii. Osservano l'esterno per un po', poi attraversano il grande cancello e salgono lungo il sentiero delle zelkova fino all'ingresso dell'edificio.

«Probabilmente potremmo ottenere il permesso di visitare la struttura se spiegassimo al custode cosa siamo venuti a fare», suggerisce Ishii. Ma Ikuko risponde che no, non è necessario. Non ha nessuna intenzione particolare e se sta cercando qualcosa, l'ha appena trovata.

«*Il vialetto e le sue magnifiche zelkova*», le aveva raccontato Shunsuke molto tempo addietro.

A scuola lui faceva parte del club di rugby e aveva l'abitudine di scambiarsi il diario di classe con la scuola femminile. Ogni volta che, per qualsiasi motivo, le parlava di quegli anni, pensava che le sarebbe piaciuto conoscerlo allora. E ora la scuola maschile che aveva dipinto nella sua mente le spunta davanti agli occhi, come se fosse un proprio ricordo. Perché, con suo grande stupore, l'ha tenuta dentro di sé per tutto questo tempo.

Lì, ora, può vedere Shunsuke che, a sedici anni, con la sua uniforme scolastica dal colletto rigido, attraversa il campo sportivo, osservando con la coda dell'occhio le ragazze che si esercitano negli ostacoli.

Ishii e la sua bicicletta conducono Ikuko sull'argine del fiume, che a quei tempi era così pulito che la gente era solita nuotarci dentro – e persino tuffarsi, tornando a casa da scuola, in mutande – e poi davanti a una bancarella di *monjayaki*, che fa ancora le frittelle alla piastra come ai vecchi tempi. Era lì che i ragazzi si incontravano e invitavano le ragazze di un'altra scuola, per farsene vanto.

Poi fa una deviazione per passare davanti al Museo del

Cinema, dove un tempo sorgeva il cinema d'essai della loro giovinezza, e torna alla stazione.

«Vogliamo mangiare qualcosa?» la invita Ishii.

Entrano in un *family restaurant* italiano che sembra far parte di una catena di ristoranti tradizionali.

«Avrei voluto invitarla al *monjayaki*, ma è O-bon, l'avevo dimenticato. Un tempo qui c'era un caffè e la gente diceva che era un luogo di ritrovo per teppisti.»

Davanti a un piatto di spaghetti, Ikuko gli mostra le foto che ha portato con sé. Per l'elenco degli ex alunni, Ishii ne sceglie una degli ultimi anni di Shunsuke, ma guarda con molta attenzione tutte le altre.

«Vedo che ha avuto una bella vita, Shunsuke», conclude.

Sono le quattro del pomeriggio quando Ikuko ritorna alla stazione più vicina a casa sua. Cosa preparerà per cena? *Tōfu* fresco e melanzane grigliate in un brodo *dashi* freddo. Insieme, potrebbero essere molto buoni. E poi ci sono sempre i cetrioli. "Oh, potrei aggiungerli all'anguilla grigliata, deciso: *uzaku*!"

Il ristorante di anguille odora così tanto di griglia, che non deve forzarsi a prendere uno spiedino extraspeciale. Fa una deviazione per passare davanti al negozio di *tōfu* accanto a Kokoya quando si sente chiamare alle spalle.

«Ikuko-san!» È Susumu. Con una giovane che ha l'aria di essere la sua ragazza.

«Oggi sei libera?»

«Qualcosa del genere...»

«E stasera anguilla grigliata, vedo.»

Si trattiene dallo scoppiare a ridere quando si accorge che Susumu si dà da fare per apparire al meglio.

«E tu, Susumu, hai un appuntamento?»

«Qualcosa del genere...» risponde lui, e annuisce, guardando la sua ragazza, che ricambia il suo cenno con un sorriso a trentadue denti. Non nasconde le sue belle gambe sotto la minigonna di jeans. Bella. Si capisce al primo sguardo che sta prendendo Susumu per il naso.

«Ci conosciamo da pochissimo», aggiunge lui, anche se non gli è stato chiesto.

"Da pochissimo? Allora non è lei quella con cui stava e con cui c'erano state quelle storie... Lo sta sottolineando per farmelo capire?" Non che le importi, ma le viene voglia di pungolarlo: «Non sei più partito con Kōko? Non ti ha più invitato?».

«No, cioè, io...» Colpito e affondato, Susumu comincia a spiegare alla sua ragazza: «Kōko-san è la sessantenne proprietaria del negozio di piatti pronti a cui consegno il riso, è uno scherzo».

La ragazza lo ascolta, senza smarrire il suo grande sorriso.

Ikuko si sente divertita, gran finale: «Bene, buona serata! Facciamoci presto un bel viaggio assieme!».

«*Ahahah.* Cosa, ancora? Stai iniziando anche tu?»

Ikuko lascia i due giovani ridendo.

Ha appena scoperto una cosa. Pensava che Susumu assomigliasse al figlio morto, ma in realtà no, non è affatto così.

"Dovrò dirlo a Kōko e Matsuko", riflette, prima di rendersi conto che non solo non aveva mai detto loro che Susumu assomigliava a Sō, ma che loro non erano neanche al corrente dell'esistenza di suo figlio.

Eppure, stranamente, è come se sapessero già tutto.

11.
GRONGO E ANGUILLA

I motivi del pino, del bambù e del pruno, *gli amici dell'inverno*, spiccano in un verde intenso sullo sfondo bianco di quella carta da regalo dall'atmosfera nostalgica. Apre e trova il foglio di legno che avvolge un pezzo di grongo alla griglia. Kōko salta al telefono, fuori di sé.

«Pronto? Ah... Megumi-chan? Sono Kōko, ciao. Come stai?» È così arrabbiata che non ha previsto che a rispondere non sarebbe stato Shiroyama ma la moglie, cosa del tutto possibile, in effetti. Questo smorza un po' lo slancio ma le chiede di passarglielo.

«Pronto...?»

«Haku? Puoi dirmi cosa significa?» Alza un po' la voce, per far salire la pressione che purtroppo è calata.

«Scusa, cosa? Di cosa stai parlando?»

«Il grongo grigliato, naturalmente!»

«Ah, un amico di Akashi me ne ha lasciato in abbondanza, quindi te ne ho mandato un po'. Ti piace, no? O ti ha fatto male?»

«Sto benissimo, ma non puoi spedirmi una cosa del genere!»

«Non ti capisco proprio. Cosa c'è di sbagliato?»

«Ti ho detto che sto per risposarmi, no? E non ti è venuto in mente che ricevere dall'ex marito del grongo grigliato potrebbe ingelosire il mio fidanzato?»

Seguono attimi di silenzio, durante i quali lui analizza il significato delle parole che lei ha appena pronunciato.

«È vero!» si risponde da sola, tanto non tollera quel silenzio. Questo ne provoca un altro, più breve.

«È vero?» chiede Shiroyama.

«Ti ho detto che è vero», risponde Kōko, senza troppa convinzione.

«Allora mi dispiace, scusami.»

«Ecco, basta che hai capito bene. E non cominciare a scusarti con quella voce triste. Sono io che sono triste.» Poi aggiunge: «Come si fa, allora?».

«Come si fa cosa?»

«Il grongo, no: come lo preparate? Con cosa è più buono?» taglia corto Kōko.

All'altro capo del filo si sente Shiroyama tossire.

«Anche alla cinese, non ci si pensa mai, ma è delizioso», spiega Kōko, fingendosi esperta, a Ikuko il giorno dopo. «Si taglia il grongo a pezzi grandi, lo si ricopre leggermente di fecola di patate e lo si immerge in olio bollente. Poi si stufa. Una ricetta della medicina cinese. In genere si fa con l'anguilla, ma il grongo è meno grasso e sono sicura che i clienti lo preferiranno. E dato che siamo proprio nel momento in cui cominciamo a risentire degli effetti della stanchezza estiva, sarà come un invito a farsi forza. Penso che dovrebbe funzionare bene.»

«Mi sembra un'ottima idea», dice Ikuko, all'inizio molto educatamente, prima di esprimere il suo parere: «Ma io preferisco cose più semplici e fresche».

Una normale mattina a Kokoya. Il caldo di fine estate è scemato, dalla settimana precedente l'aria condizionata è spenta. Matsuko non è ancora arrivata.

«Nel *chawanmushi*, o come *uzaku* con cetrioli freddi, è molto buono. E anche nel sushi, naturalmente...»

«Ah, nel *chirashi-zushi*, sì...»

Ora Kōko, senza pensarci, conviene con Ikuko.

«Anche Shiroyama ha detto la stessa cosa: mescolato al sushi, è eccellente.»

Alla fine si decide di preparare il grongo in due modi, alla cinese e nel *chirashi-zushi.* Perché anche se Ikuko preferisce le ricette semplici, questo non le impedisce di sperimentarne di nuove.

"Siamo tre donne, una più esigente dell'altra", pensa Kōko. Poi si volta di scatto verso l'orologio.

«Cosa starà facendo Matsuko?»

«È molto tardi, in effetti», dice Ikuko.

Sono quasi le dieci.

Il cardigan di Kōko si impiglia alle piante che crescono vigorose sopra la recinzione metallica.

«Accidenti! Come si chiama?»

«Salvia ciliegia, o salvia a foglie piccole. Ha un buon profumo, non è vero? Ma dicono che non si può mangiare. È una pianta spontanea», dice Ikuko.

«Ah, be'...»

Dietro la recinzione c'è la casa dei proprietari e, oltre un boschetto di alberi così fitto da sembrare una foresta, c'è *Casa Doliade,* dove abita Matsuko.

«Non tirare quel filo, più tardi te lo sistemo io.»

«Sì, grazie, Ikuko-chan.»

"Una conversazione che va in tutte le direzioni senza arrivare da nessuna parte, che galleggia su correnti d'aria. Mi suona familiare", pensa Kōko.

Tutto va a gonfie vele, sembra che non stia succedendo nulla e, a poco a poco, subentra la paura: anche Ikuko si sente così.

Attraversano il cancello e oltrepassano la casa dei proprietari. Più si avvicinano all'appartamento di Matsuko, più i loro passi rallentano. È quasi mezzogiorno. Matsuko non si è presentata al lavoro. Senza avvisare. Kōko la conosce bene, da più di dieci anni, e questa è la prima volta che succede.

«Forse ha bevuto troppo e non si è svegliata», dice Ikuko mentre sale le scale esterne di *Casa Doliade.*

«Forse», annuisce Ikuko.

«O forse è con il suo *Tesoro.*»

«Sì, sì, anche questo è possibile.»

«O forse è così presa che non si è accorta che il sole è sorto, non credi?»

«Quante ne dici, Ikuko!»

«O forse ha litigato con il suo *Tesoro* ed è così depressa che non riesce ad alzarsi dal letto...»

«Ecco, questo è verosimile.»

«Eppure, di recente, le cose andavano bene, credo.»

«Be', le relazioni amorose possono facilmente sfuggire di mano e uscire dai binari. Aspetta un attimo...» Kōko ferma Ikuko che sta per bussare alla porta, le gira intorno e preme il naso contro la fessura dello stipite. «Non si sente nessun odore strano.»

«Smettila, Kōko!»

«Comunque, non marcirebbe tanto in fretta», dice Ikuko come se stesse parlando di un cibo. Spinge Kōko da una parte e bussa delicatamente alla porta. Non c'è risposta. Nessun rumore. Allora inizia a bussare più forte. Nessuna risposta. Kōko preme la maniglia. La porta è chiusa.

«Questo significa che non c'è, vero...?»

«Oppure che c'è ma non può aprire, forse.»

«Chiediamo le chiavi ai proprietari?»

«È un po' eccessivo...»

«Ikuko, potresti smetterla di annusare così, per favore?»

"Ecco, proprio così. È come quella volta", pensa Kōko. Esattamente la stessa sensazione di quella cena in cui Shiroyama le aveva confessato la storia con Megumi. Ansia, tensione prima che accada qualcosa che comunque è nell'aria.

«Andiamo dai proprietari», dice Kōko decisa, prima di scendere le scale.

Hanno fatto solo pochi passi in direzione della casa dei

proprietari quando hanno l'impressione che un animale stia uscendo dal boschetto. Sentono uno stridio. Ma non è un pianto animale, è piuttosto umano.

Matsuko appare di corsa, in lacrime. «*Buaaah!*»

L'intera giornata è un turbine. Ikuko viene messa a capo del negozio da sola, mentre Kōko e Matsuko si dirigono alla stazione.

Vedere Matsuko viva ha rassicurato un po' Kōko, ma la sua paura rimane, visto che ora è Shun a essere scomparso.

A quanto ha capito dal racconto tra le lacrime di Matsuko, si erano visti l'ultima volta il giovedì precedente. Si erano salutati quella sera e avevano concordato di rivedersi domenica. Ma Shun non si è presentato. Ha spento anche il cellulare, quindi è irraggiungibile. Lei è andata fino a casa sua, ma lui non c'era. Tutta la notte fino a ora, nessun messaggio, niente.

«Avete litigato, giovedì?»

«No, no!» risponde Matsuko, scuotendo la testa in lacrime. «Non abbiamo litigato... No... Ma non stava bene. Ecco...»

«E hai idea del perché non stesse bene?» Non è per il desiderio di sapere che Kōko fa la domanda, ma più che altro per costringere Matsuko a continuare a parlare, in modo che alla fine smetta di piangere. Sul treno, sta diventando piuttosto imbarazzante.

«Perché lui... Io lo so. Sì... Lui... mi odia. Ora mi odia... Sì. Se n'è andato! Sì...»

«Aspetta, aspetta... Matsuko. Va tutto bene, non c'è bisogno di ripeterlo, ho capito. Torniamo a casa di *Tesoro*, okay?»

Gli sguardi dei passeggeri intorno a loro si sono fatti sempre più insistenti e l'arrivo alla stazione è un sollievo.

Si dirigono verso l'appartamento di Shun.

«Chissà, forse non vi siete incontrati, semplicemente...»

La prima mossa di Koko è quella di premere il naso contro la fessura dello stipite e annusare. “Okay. Nessun odore particolare.” Si fa forza e gira la maniglia. La porta si apre senza sforzo.

«Cosa ti avevo detto? Il tuo *Tesoro* è in casa!»

«Sì...»

È il tipico appartamento da single: il futon ancora steso, il tavolino pieghevole con un motivo floreale di gusto discutibile, due cuscini piatti verde matcha in totale disarmonia con il tavolo, la camicia bianca e la giacca su una gruccia appesa al cornicione della parete.

Ma niente Shun. Né in bagno, né sul minibalcone, e neanche nell'armadio di plastica.

Solo dopo aver aperto gli armadietti della cucina, Kōko dice in tono del tutto rassicurante: «Se la porta era chiusa prima e ora è aperta, vuol dire che il tuo *Tesoro* è sano e salvo».

Matsuko, esausta per aver pianto così tanto, si siede sul futon.

«Se ha lasciato la porta aperta, tornerà da un momento all'altro, no?»

Matsuko, testarda, non aspetta nemmeno che Kōko finisca la frase: «No, non tornerà. Anche se tornasse, appena si accorgerà che sono qui, scapperà di nuovo. Capisco, ho sbagliato a preoccuparmi. Vuole solo evitarmi».

«Ma perché dovrebbe scappare? Recentemente hai detto che andava tutto bene...»

«Troppo bene. Un po' va bene, ma siccome andava troppo bene, questo deve averlo turbato. Avrà pensato che lo avrei costretto ad assumersi delle responsabilità.»

«Ma cosa dici?» Mentre cerca le parole, Kōko perlustra con gli occhi la stanza. Sopra il lavello della cucina ci sono due tazze abbinate, con i motivi del pulcino e della foca. Il pulcino rosa e la foca verde. Sul tavolo pieghevole c'è un barattolo di vetro, del tutto fuori luogo nello studio di un uomo di mezza età, riempito, a quanto pare, con un misto di salatini piccanti e arachidi.

"Sì", si rende conto Kōko, "Matsuko ha trascorso qui diverse notti. Stava andando tutto troppo bene: è proprio quello che è successo. Quindi *Tesoro* se l'è data a gambe?"

Non lo sa, ma Kōko riesce a mettersi nei suoi panni: può immaginare cosa prova *Tesoro*. Nella vita, quando si ottiene qualcosa, si corre anche il rischio di perderla. E se non si vuole subire questa perdita, è meglio non ricevere nulla.

Kōko fissa con aria assente il tavolo pieghevole, quando improvvisamente nota qualcosa.

«Matsuko, *Tesoro* ha l'influenza?»

«No, non mi pare. Perché?»

Anche Matsuko, seguendo lo sguardo di Kōko, ha appena visto quello che c'è sul tavolo.

«Medicine?» Matsuko balza verso il tavolo, seguita da Kōko. Le tre pillole sono difficili da distinguere nel disegno floreale sul piano del tavolo. Accanto a loro c'è una piccola confezione di plastica contenente altre cinque pillole, dal diametro di circa cinque millimetri e di un colore azzurro brillante.

«A cosa servono? Vitamine?»

«Non ho mai visto pillole del genere.»

«È un colore insolito.»

"Non sono sonniferi", pensa Kōko. "Non è certo veleno, no, no." Eppure, quel colore, quella disposizione sul tavolo sono sinistri.

Matsuko squarcia il silenzio ricominciando a singhiozzare. «Vuole uccidersi! Potrebbe già essere morto, a quest'ora. Mi odia così tanto che preferisce morire, *buaaaah*!» E giù a piangere disperata.

«Dai, Matsuko, di cosa stai parlando? Ma non può essere morto, dai! Forza, forza! Dobbiamo trovarlo.» Mentre cerca di consolarla, Kōko sente crescere anche in lei l'impulso di piangere. "Ma no, no, no, è impossibile. Sarebbe troppo terribile. Tanto per cominciare, se si fosse davvero tolto la vita, io, al posto di Matsuko, non lo perdonerei mai. Anzi lo picchierei con le mie mani."

Poi la porta si apre. Un uomo basso con la faccia da orsacchiotto, in ogni mano una borsa del supermercato piena fino a scoppiare, le fissa con gli occhi spalancati.

«Ah! Shu... Shun!» grida Matsuko, balzando in piedi.

«Quindi tu sei *Tesoro*», afferma Kōko.

«Con chi sto parlando?» chiede Shun con gentilezza, guardando Kōko.

"Allora, che cosa diamine sarà successo?"

Sono le due, i clienti del pranzo si stanno via via esaurendo e Ikuko non può più aspettare, vuole saperlo. Kōko è tornata al negozio poco dopo l'una. In parte perché è stata subito presa dalla folla dell'ora di punta, in parte per il piacere di cuocere Ikuko a fuoco lento, si è limitata a un laconico commento: «Niente di così assurdo».

Il ritmo nel negozio si è calmato, ma non ancora al punto da potersi sedere a bere una tazza di tè.

Senza Matsuko, c'è qualche imprecisione nel servizio, questo è certo. Così Kōko e Ikuko chiacchierano mentre lavoravano in cucina.

«Ma niente di niente!» risponde Kōko mentre sbuccia le patate dolci.

Si pulisce le mani sul grembiule e addenta un *onigiri* trovato a portata di mano.

«*Mffuu hu hu*», ride, con la bocca piena.

«Perché stai ridendo? Dimmi tutto subito, invece di lasciarmi sui carboni ardenti! Matsuko non viene oggi, vero? Dov'è, cosa sta facendo?»

«Be', non sono cose di cui dovrei parlare io, non posso dirlo.»

«Addirittura!» Ikuko taglia a metà uno spicchio d'aglio e ne estrae l'anima. «Quindi, se ho capito bene, *Tesoro* è tornato e hanno fatto pace.»

«Non hanno litigato, in realtà. Anzi, direi proprio il contrario.»

«Il contrario? Allora perché è scomparso?»
«Per colpa di una strana medicina.»
«Strana medicina?»
«Sul tavolo della cucina di *Tesoro* c'erano delle pillole azzurre», spiega Kōko.
«Non erano pillole per l'influenza, né sonniferi, né veleno, ma pillole per l'impotenza.»
Shun ha confessato tutto, forse guardando il volto di Matsuko, gonfio per il pianto. Non era troppo sicuro della sua virilità, così ha comprato delle pillole per la disfunzione erettile da un sito web più o meno dubbio. Ma quando ne ha presa una la domenica mattina, è rimasto sorpreso dalla rapidità e dall'evidenza con cui funzionava. Per decenza si è imposto di non incontrare Matsuko per tutto il giorno.
«Con "rapidità ed evidenza" vuol dire che si è trasformato in una specie di lupo mannaro?»
«Forse sì. Almeno in parte, diciamo.»
«Caspita!»
«Comunque, dov'era *Tesoro,* allora?» chiede Ikuko.
Era andato a correre. Ha fatto jogging, finché gli effetti non sono diventati meno evidenti. In realtà, alcuni degli effetti erano svaniti, ma forse proprio correndo ha deciso di adottare metodi più salutari. Perciò è andato al supermercato.
«Ah, ecco perché questi ingredienti.»
Sul piano di lavoro, oltre alle patate dolci e all'aglio, ci sono *okura* e anguilla alla griglia, tutte cose che Shun ha comprato al supermercato. Kōko ha preso tutto, per compensare il giorno di ferie concesso a Matsuko. Il grongo si può conservare, quindi avrebbero sostituito la specialità del giorno con un piatto preparato con gli ingredienti di Shun.
«Matsuko ha detto che tanto *Tesoro* mica ha bisogno di cibo corroborante», spiega Kōko mentre grattugia il taro.
«Però!» commenta Ikuko con voce sensuale.
«Come puoi immaginare, non avevo scelta, così li ho la-

sciati soli e sono tornata. Anche se Matsuko fosse venuta via con me, non sarebbe stata dell'umore giusto per fare un buon lavoro.»

«Una decisione saggia da parte di una manager brillante, secondo me.»

«Mah, lasciamo perdere...»

Il gesto di Kōko di stiracchiarsi con la patata in mano fa ridere di gusto Ikuko.

«Tutto è bene quel che finisce bene, allora. Proprio bene bene non so, però. *Ahahah*», aggiunge Kōko. E per una volta, si tratta di una risata chiara, senza secondi fini. Le brutte sensazioni della mattina ora appartengono a un altro mondo e lei può ridere di sé stessa e del suo cuore che batte all'impazzata.

«Allora, come la facciamo, l'anguilla?»

«Possiamo farci l'*uzaku* con i cetrioli marinati oppure, visto che abbiamo tante uova, possiamo farci la frittata per l'involtino *umaki,* buono con l'anguilla?»

«È quello che faremo, hai ragione! Così nutrienti, diventeremo anche più forti.»

«Che ce ne facciamo di tutta questa energia, noi?» dice Ikuko, ridendo.

«Serve, serve», risponde Kōko. «La forza serve a qualsiasi età. Anche a ottanta o novant'anni!»

«Oh, cielo!» risponde Ikuko con voce sempre più sensuale.

Kōko indossa un cardigan blu cobalto che si intona al cielo autunnale senza nuvole. Il volto riflesso nello specchio è radioso: tutto va bene. Si avvia verso la stazione, cantando.

«Ciao!» dice Susumu, alzando una mano.

"Non c'è niente che renda più felici di un saluto vivace, è vero. Ma quel ragazzo non deve pensare di essere al sicuro da un contraccolpo", si dice Kōko con una risatina interiore. "Era molto più divertente prima, sempre sulle spine, senza sapere che pesci pigliare. Mentre ora, guardatelo, non balbetta più e non trema più e non appena lo invito, accetta subito... "Naturalmente, lei è la prima a sapere che questa risatina interiore non tradisce altro che il suo egoismo, così risponde al suo saluto con lo stesso gesto della mano.

Domenica. Shopping. Shopping speciale. Il treno per il centro non è molto affollato, così Kōko trova un posto a sedere. Susumu sta davanti a lei, aggrappato alla maniglia, senza guardare se ci sia un altro posto disponibile, come un cavaliere dall'armatura lucente, protettivo e attento, cosa che lei apprezza.

«Da dove cominciamo?»

«Fammi pensare...» dice con tono dolce, assumendo quella che considera una posa da ragazzina, mentre guarda Susumu. «Prima andremo a prendere i regali, poi gli accessori e le decorazioni. Daremo un'occhiata a quello che c'è dal fioraio, poi passeremo al reparto vestiti. Infine, una sbirciatina al reparto alimentari: voglio vedere gli ingredienti per la torta...»

«Ah, sono tante cose...» commenta Susumu con un'espressione un po' tesa. «Non potremmo lasciar fare una o due cose a Ikuko-san?»

«Certo che potremmo...»

«Perché lei andrà a fare shopping la prossima settimana.»

«Lo farà? E... con te?»

«Certo che ci vado. Non posso uscire con te senza accettare di uscire anche con Ikuko, come sai!»

"Oh! Ma quella mi vuole pestare i piedi! Quando l'ha invitato?" pensa Kōko. E può facilmente immaginare che Ikuko stia pensando la stessa cosa. «Bene, allora compriamo i regali e diamo un'occhiata veloce al resto. Così potremo dedicare più tempo ai vestiti.»

«Penso che comprerò anche una giacca. Non ho nulla da indossare per matrimoni e cose del genere.»

«È una buona idea. Ti aiuterò a scegliere», risponde Kōko. Anche se non è assolutamente necessario spendere soldi per una *mise* elegante, visto che il ricevimento sarà da Arashi. Ma aiutare Susumu a scegliere la giacca può essere divertente e lei non vede l'ora di poter dire alla commessa: "*È per il nostro matrimonio*".

Il cellulare di Susumu squilla nella sua tasca.

«Che diavolo...» dice dopo averlo tirato fuori e aver guardato lo schermo. Lo spegne.

"Non gli chiederò se è la sua ragazza", pensa Kōko.

Susumu domanda con imbarazzo: «Che tipo è il fidanzato di Matsuko?».

«Un uomo molto, molto simpatico», risponde Kōko. «Be', almeno per Matsuko...»

«Capisco. Quello che dici è profondo...» annuisce Susumu, cercando di apparire serio.

Nel giro di una sola settimana arriva l'autunno, quello inoltrato. Kōko se l'è detto una mattina, quando si è svegliata guardando il colore del cielo. Le ortensie Annabelle hanno terminato la fioritura e i crisantemi Shūmei hanno invece cominciato a sbocciare. Shiroyama aveva fatto in modo che nel giardino una varietà fosse in fiore ogni stagione, non certo perché si adattasse al suo stile estetico, ma piuttosto perché Kōko non fosse mai triste.

Kōko prepara una tazza di tè con latte e uno *scone*, in linea con la stagione e con il suo umore attuale. Li assapora lentamente, poi telefona a Shiroyama. Mentre conta gli squilli, si accorge che il suo cuore non batte più così forte per lui. "L'autunno è arrivato e mi sto stancando di avere il cuore che batte troppo forte", pensa. "Così come gli Shūmei inseguono le Annabelle, cosa succederà ora? Intanto cercherò di non stare a controllare ogni volta se il cuore mi batte troppo forte."

«Ciao, Kōko.» Di pari passo all'evolversi dei suoi sentimenti, anche la reazione di Shiroyama è mutata. Per esempio, la sua voce non si sforza più di essere gentile come prima, quando si rende conto che c'è lei all'altro capo del filo.

"Anche senza sforzarsi, è sufficientemente gentile", pensa Kōko. «Sei stato invitato a un matrimonio.»

Gli concede il tempo di reagire. Per qualche istante Shiroyama rimane senza parole, poi chiede: «Davvero?».

«Certo che è vero.» E poi, lentamente, aggiunge ad arte: «Matsuko si sposa».

«Ah, sì?» È stato preso alla sprovvista.

«*Ahahahah*», ride Kōko. «Il matrimonio avrà luogo da Arashi. Conto su di te. Con Megumi-chan, naturalmente.»

Segue un breve silenzio.

Poi: «Tu stai bene? Sei più tranquilla?».

«Certo che sì!» risponde Kōko gioiosa. «Non hai più nulla da temere, Haku, e nemmeno io.»

Sente Shiroyama ridere. Una risata molto dolce, che non ha mai sentito prima.

«Bene, allora siamo felici di accettare l'invito. Non vedo l'ora di vedere gli sposi.»

«Sarà un buffet. Ti chiederemo qualche consiglio in merito», dice Kōko, dopo aver comunicato il giorno e l'ora del matrimonio.

«Nessun problema.»

«Il *chirashi-zushi* fatto con il grongo che mi hai spedito l'ultima volta era delizioso. Penso che qualcosa di simile sarebbe adatto.»

«Se vuoi, posso farmene portare altro.»

«Bene, Haku, diciamo che è il tuo regalo di nozze, che ne pensi?»

«Un grongo come regalo di nozze, *mmmh...*»

La conversazione è piacevole, ma Kōko comincia a desiderare che finisca. Nove anni prima non avrebbe neanche sognato di poter telefonare a Shiroyama e parlargli come fa ora, senza ansie e attaccamento. È felice di questo cambiamento e orgogliosa. E allo stesso tempo, anche un po' triste.

«*Ahahah*», prova a ridere Kōko. Per constatare con le sue orecchie che la sua voce è chiara, forte e brillante.

INDICE

Finito di stampare nel mese di ottobre 2024
presso Grafica Veneta – via Malcanton 2, Trebaseleghe (PD)

Questo libro è stampato col sole

Azienda carbon-free

PEFC
PEFC/18-31-226

Certificato PEFC
Questo prodotto è realizzato con materia prima da foreste gestite in maniera sostenibile e da fonti controllate
www.pefc.it